もふもふを知らなかったら人生の半分は無駄にしていた

vol.14

主な登場人物

シロ

ユータによって召喚された白銀の犬(?)。優しい性格で、ハンバーグが大好物。

ユータ

日本の田舎から異世界に転生した少年。領主であるカロルスに助けられ、ロクサレン家の子どもとして生活している。

アレックス

ユータと同部屋に住む学校の先輩。終始軽いノリで話をするが、面倒見がよく、いろいろな面に気がつく。

テンチョー

ユータと同部屋に住む学校の先輩。長男気質の硬派な学生で、融通の利かないところがある。

ラキ

ユータと同部屋の同級生。ユータとタクトのまとめ＆ツッコミ役。冒険よりも素材に興味があり、加工師を目指している。

タクト

元気で子どもらしく、戦いや冒険が好きなユータの同級生。カロルス様に憧れていて、Aランクの剣士を目指している。

CONTENTS

もふもふを知らなかったら人生の半分は無駄にしていた

vol. 14

ひつじのはね

イラスト
戸部淑

1章　また会える幸せ

乾いた風にさらさらと髪がなびく。遮るもののない草原で、朝の陽は惜しみなくオレたちに光を注いでいた。振り返れば、まだ王都の門はすぐそこだ。

ついに、ハイカリクへと帰る日。そう、行くんじゃなくて、帰るんだ。オレたちの居場所に。

王都も楽しかったし、名残惜しいけれど、『帰りたい』そう思う気持ちも湧き上がってくる。

ロクサレン家の面々は相変わらず一緒にと言ってくれるけれど、せっかく経験を積める場を逃す手はない。

「……やってみろ、かぁ」

大丈夫か？　とも、できるのか？　とも言われなかった。オレたちだけでの帰路の旅に、ブルーの瞳に複雑な色を滲ませながら、そう言ってくれた。

うん、やってみるよ。信じてもらえるのって、こんなにも誇らしい。

『あなたが帰ってくるのを、待っているわ』

今回は、反対されなかった。温かな思いが、抱きしめられた柔らかな腕からたっぷりと注ぎ込まれた。離れていく手の寂しさと、離してくれた手の優しさに、自分の命を守る責任を感じる。

うん、待っていて。ちゃんと、無事に帰るから。

守る手の外へ。少しずつ、オレは、オレの行動を任せてもらえるようになっている。重さと軽さ、両方が胸の中でどきどきと騒々しく騒ぎ立て、大きく深呼吸した。

「――あ、見えなくなっちまう」

声に振り返ると、丘を回り込んで王都の門が隠れてしまうところだった。オレはガタガタする揺れに体を預けながら、高い空を見上げる。

「帰っちゃうのか……」

何気なく空へ手を伸ばすと、渦巻いた風がするっと小さな手を包んでいった。

「シャラ……？　来てくれたの？」

見送ってくれているんだろうか。シャラのところへは転移で行けるから、王都にいる時と何も変わらないって言っていたのに。

くすくす笑うと、正面からごう、と風が吹きつけた。堪らずぎゅっと目を閉じた顔に、ピシピシとたくさんの何かが当たる。

「お前、普通の馬車じゃなくてよかったな」

「怪奇現象だよね～」

2人の呆れた声に目を開ければ、オレの周囲には花の曼荼羅ができていた。イタズラなのか、お別れの挨拶なのか、どっちのつもりなんだろう。

「わあ……きれいだね！　ありがとう」

空へにこっと笑ってから、きっとシャラは『お前はそれしか褒める言葉を知らんのか』って言ってるだろうなと可笑しくなった。

心配しないでね、ちゃんと会いに行くから。シャラに、ミックやミーナたち、工房の人たち。ガウロ様やバルケリオス様たち。また会いに来なきゃいけない人たちがたくさんだ。ミックなんて、転移陣を使えるって言わなかったら、離してくれなかったんじゃないだろうか。

『あなた、この調子だと常に世界中を飛び回る羽目になりそうよ』

『主は会いに行く人が多すぎるぞ！』

そうかも。それは随分と忙しそうな未来だ。そして、なんて楽しそうな未来。

『あうじ、いしょがしいの、うえしい？』

知らず上がっていた口角に、アゲハが不思議そうに小首を傾げた。

「そうだね、忙しいけど、嬉しいよ」

小さなアゲハをすくい上げて頬ずりし、抑え切れずに笑った。嬉しいよ、とってもね。

――仕方ないの。みんなユータに会いたいに決まってるの。だからラピスも側にいるの。

ラピスが小さな体をオレのほっぺにすりつけた。

一緒にいる幸せと、また会える幸せ。それは、どっちも幸せで間違いない。

「また、ね」

段々と見えなくなっていく王都を見送って、オレは小さく呟いたのだった。


――ああ、快適。どんどん流れる景色を眺めながら、両手を上げて伸びをする。

オレたちは当然のように馬車で帰る準備をして、そのために旅費を貯めていた。だから、自然とそれ以外の方法をすっかり除外してしまっていたんだ。

『ラキのおかげだね！　ぼくも一緒に走れて嬉しいな』

振り返ってしっぽを振ったシロに、くすっと笑った。

「そうだね。ラキと、『シロの』おかげだよ！」

『ぼく？　そっか！　嬉しいね！　ラキ、嬉しいね！』

シロはウォウッと吠えて、ぐんと胸を張った。護衛も御者も不要のシロ車は、ガラガラと気持ちよくスピードを上げる。そう、シロ車。オレたちにはシロ車があったんだ。

『あのね、ぼくの車には乗らないの？』

すっかり馬車に乗るつもりにしていた出発の日、シロは首を傾げてそう言った。

ホント、オレたちには移動手段があるってことをすっかり忘れていた。おかげで馬車代は浮いたし、何より快適だ。カン爺たちの手でさらに改良を重ねたシロ車は、振動も抑えられ、かなりの速度に耐えられるようになっている。どうやら、先日たくさん素材を採ったお礼の意味もあるらしい。改造するのが楽しかっただけじゃないかなとも思う。

外観の変化はさほどないけれど、折りたたまれた骨組みを広げて布をかければ、幌が出来上がる仕組みを取りつけてくれた。これで雨も怖くない！

「乗合馬車じゃないからさ、俺ら好きな場所で休めるよな！　今日はどこで泊まる？　街に寄らなけりゃ、宿代だって浮かせられるぜ！」

「ずっとテントで寝泊まり？　それも冒険者らしくていいね！」

「だけど情報収集も兼ねて宿泊の日も必要だし～、立ち寄る村を考えなきゃいけないね～」

ごく簡素な地図を取り出し、オレたちは作戦会議を始めた。

「どの道を通って帰るかも考えねえと、テント張れねえ場所で夜になったら大変だよな」

『ぼく、夜も走れるよ？』

振り返ったシロに、オレたちはハッと顔を見合わせて震えた。シロ車……有能!!　その手があった！　だけど、シロだって休む時間が必要だ。それは最終手段に取っておこう。ひとまず、どんなルートを通って帰るか決めないとね！

「ここ行こうぜ！　ダンジョンが近いらしいぞ!!」

「あ、ここ養蜂が盛んらしいよ！　もしかすると、ここならではのスイーツとか……」

「どっちも遠回りというか、むしろ帰り道じゃないから～！　ちゃんとルート内で考えて～！」

そうだけど、せっかくの遠出だもの、ちょっと寄り道するくらい――

「間に合わなくなるよ～？　テスト受けられなかったら、進級できないよ～？」

ピタリ、とオレたちは動きを止めた。

「ユータは大丈夫だろうけど～、タクトは再テストも受けるから早く帰らないとね～？」

「なんで再テスト受けることが前提なんだよ！」

急に現実に引き戻され、どんよりと肩を落としたオレたちに、ラキがくすりと笑った。

「テストはまあ置いといて～……ぼくたち、３年になるんだよ～？」

「あっ!?　そ、そっか！　もうすぐだ！」

ぱっと顔を輝かせたオレと、さらに小さくなったタクト。

「俺……なれるよな……３年」

「大丈夫～、絶対なれるよ～！」

珍しく優しい台詞に、タクトが瞳を輝かせて顔を上げた。

「タクトがテストに合格できるレベルになるまで、ギリギリまで回り道して帰ろう～。食事時以外は勉強していいよ～。戦闘は僕たちでできるし、ね～？」

慈しみ深い微笑みを浮かべたラキに、タクトは声を失って固まったのだった。

「シロ、疲れてない？　大丈夫？」

王都を出てしばらく、あまりにも順調なシロ車の旅は、思ったよりも早く目的地に着きそうだ。一旦休憩のためにシロ車を降りると、シロは自分で装備を外してうーんと伸びをした。

『大丈夫！　じゃあぼく、お散歩行ってくるね！』

休憩しようって言ったのに走り去ってしまったシロを見送り、やれやれと肩をすくめた。どうやら物足りなかったらしい。

「はぁ～俺、こんな旅イヤだ……」

タクトが傍らでどさりと地面へ体を投げ出した。完全に脱力してヨダレを垂らさんばかりの間抜け顔は、魂すら抜けたようでくすっと笑う。

「オレも一緒に勉強してるよ？　ずっと寮で勉強してるよりはよくない？」

気持ちいい外を感じながら勉強するのは、ただ机に向かっているよりずっと素敵だ。

「そうかぁ？　火あぶりと水責めどっちがいいかって感じじゃねえ？」

そ、そこまで？　タクトの言い様に、つい声を上げて笑った。じゃあ、ひとまず頑張ったご褒美だね。力の抜けきっている口に棒付き飴を差し込むと、不満げだった顔がたちまち輝いた。

「僕には～？」

寄りかかってきたラキのわくわくした表情は、いかにも年相応で微笑ましい。

「ラキも、はい、ご褒美！」

差し出した飴をぱくりと咥え、顔を綻ばせる。頼りになるリーダーだけど、まだまだこんな些細なお菓子に喜ぶ少年だ。

「なあ、そっちの方が大きくねえ？」

「一緒だよ！　タクトが舐めてるから小さくなったの！」

じっと見つめるタクトに下手すると取り替えっこされそうで、オレは慌てて距離を置いた。

シンプルなべっこう飴の優しい味と、咥えた棒付き飴の懐かしさ。ちゅぷんと口から出して眺めた琥珀の塊は、きらきらと光を透かして本物の宝石みたいだ。

『スオーも』

あ、と声を漏らすより早く、目一杯のお口で飴に飛びついたブルーグリーンのもふもふ。満足げにオレの膝へ陣取ったその手には、しっかり棒付き飴が握られ、小さなほっぺが妙な形に膨らんでいた。

『あげる』

代わりにと差し出されたのは、蘇芳に渡したべっこう飴。どうやら、危ないからと棒が付いていなかったのがご不満だったらしい。もう、オレだって棒付きがよかったのに。仕方ないなと苦笑すると、晒されたふわふわのお腹を撫でた。

「なんか、食ったら余計腹減ってきた！　あとどのくらいだっけ？」

ただの棒になった飴を名残惜しげに咥え、タクトが体を起こした。

「シロ車で行くならもうすぐだけど～、小さな街だから注目を集めちゃうし、歩こうか～？」

「えー……いいぜ！　じゃあ早く行こうぜ！」

一瞬渋りかけたタクトが、先ほどまで車内で行っていたことを思い出し、慌てて肯定した。どうやら勉強よりも空腹を取るらしい。

「オレ2人より遅れちゃってるから、道中で採取とか討伐があったらこなしたいな」

「お前は遅れてるぐらいでいいの！　戻ってからでもすぐに追いつくだろ！」

そう言うけど、オレが舞いやら何やらで冒険者活動ができなかった間も、2人は積極的に依頼をこなしている。おかげでオレとは大きく依頼達成ポイントに差がついてしまった。

オレ、正直王都であんまり冒険者活動していない……。いろんな依頼があるんだろうと楽しみにしていたのに。転移できるんだから、今後は王都まで依頼を受けに行こうかと思う。バルケリオス様だって何回来てもいいって言っていたし！　一応、転移陣の利用許可は城への申請も済ませた正式なものらしいけれど、利用条件に大したものはない。あまり吹聴しないこと、設置はロクサレン家の敷地内にすること、転移できるのはオレかロクサレン家が同伴する３名まで、などだった。どちらかというとオレの身を守るための条件な気がする。

「王都の城近くへ転移できると知られたら、悪用しようとする者もいるでしょう？　バルケリオス様はいいのだけど、ユータちゃんが狙われるわ。転移なんてなくてもいいと思うのだけど」

バルケリオス様はいいのか……。エリーシャ様はせっかくの転移魔法陣にあまり嬉しそうな顔をしない。カロルス様なんて、絶対いらねえ！　と断固拒否していたくらいだ。

そっか、バルケリオス様たちはそんなこと考えてなかったと思うけど、王様たちにとってはロクサレン家と王都の行き来を容易にするためのものでもあるのか。

転移陣のある場所がロクサレン家とバルケリオス邸。これほど安全な転移陣もない。もしかすると王都からの使者は、これからは転移陣を使ってやってくるんじゃないだろうか。

『渡りに船、だったかもしれないわね』

「うまく利用されちゃったかな？　だけど、オレだって自由に王都に行きたいもの」

タクトやラキだって一緒に行けるんだから、これからは王都の依頼をみんなで受けることもできる。タクトはメイメイ様から引き続いて指導を受けることもできるし、ラキが工房を使うこともできる。カロルス様たちには申し訳ないけど、王様からのお願いやら何やらは貴族の務めだろうし、頑張っていただこう。王都で好きに買い物できるメリットも絶大だ。オレは豊富な調味料や調理器具を思い出して、ひとりにまにまと頬を緩めた。

『ゆーた、ちょっと来て～』

お散歩に行っていたシロが風のように戻ってきて、しっぽを振った。

「どうしたの？　どこに行くの？」

『うん、あのね！　ゆーたたちみたいな子がいるんだけど、危なくないのかなって！』

「子どもの冒険者ってこと～？　ユータくらいなの～？」

危ないに決まっているけれど、冒険者っていうのはそういうものだ。

『うーんと、多分ゆーたよりは大きいよ！　ラキより大きいかどうかは、ぼく分かんない。あのね、街から遠いから、迷子じゃないのかなと思って』

「迷子!?」

そういえば、と空を見上げる。オレたちはここから歩いて夕方には街に着く手はずだけど、どうやら子どもの冒険者はオレたちよりも街から遠い場所にいるらしい。それなら、暗くなるまでに街へ辿り着けるはずがない。

『あそこ！』

シロが示す先には、のろのろと進む４人の子どもたちがいた。なるほど、街道からはかなり離れている。この時間に子どもの冒険者がうろつくには相応しくない場所だ。

「野営の準備があるようには思えないね〜」

「俺らより年上だよな。けど多分、実力は見たまんま、弱っちいな！」

彼らはだいぶ消耗しているようで、誰も一言も発さずにとぼとぼと歩いている。

「どうする？　シロ車に乗せて街まで送る？」

「それもいいけど〜、今日は僕たちも野営する〜？」

「賛成！　俺腹減った！　美味い飯がいい！」

オレたちの中では、美味いものを食べたい時は、街より野営だったりする。王都なら美味しいものがたくさんあったけれど、小さな街ではそれも望めないだろうし。

オレのお腹がぐう、と鳴る。タクトとラキ、そしてシロやラピスたちの期待に満ちた視線がこちらを向いていた。どうやら今日は野営で決定のようだ。

＊＊＊＊＊

「……ねえ、日が暮れるよ」

疲れ切った声が、誰も口にしなかったことを言った。そんなこと、分かってる。だけど、日が落ちるのを止めることも、街まで飛んで帰ることもできない。

４人は、それきり黙って歩いた。これが正しい方向かも分からない。けれど、できることはそれしかなかった。朝からほとんど飲まず食わずだった胃袋が、最後のあがきのように切なく鳴いた。気のせいだろうか、ふと芳しい香りがしたような気がして、４人は顔を上げた。その拍子に、周囲が思ったよりも暗くなっていることに気がついて、焦りと恐怖が込み上げてくる。

「み、見ろ!!」

少年たちの目が、たなびく煙とたき火の明かりを捉えた。止まっていた足が一歩、二歩と進んで、まろぶように駆け出していく。

「――あ、こんばんは！　一緒に食べる？」

辿り着いた少年たちは、思いもしなかった光景に呆然と目をしばたたいたのだった。

＊＊＊＊＊

「こんな時間にどうしたの？　オレたちごはん食べるところだったんだ！　一緒にどう？」

ちょうどいい頃合いでやってきた少年たちへにっこり笑うと、ここぞとばかりに大きな鍋の蓋を開けてみせた。ふわっと優しい香りと、白い湯気が暗がりに広がっていく。あんまり栄養

状態のよくなさそうな子どもたちなので、お腹に優しい雑炊にしてみた。これならさほど仰天されることもないだろうし。

「なんで……お前ら何やって……？」

たった今説明したのに、聞いていなかったんだろうか。小首を傾げると、どうやら返事を求めてはいないようだ。空腹を主張する彼らのお腹の虫の方が事態を分かっていそうなので、雑炊を椀によそって差し出してみせる。

「いっぱいあるから、どうぞ？」

棒立ちになっていた４人の視線が、ほわほわと白い湯気を上げる椀に釘付けになった。

「食わねえの？」

タクトは大きい椀にたっぷりよそうと、これ見よがしにはふはふと頬ばっている。

誰かが一歩踏み出したのを合図に、４人は一斉に駆け寄ってきた。

「――!!」

だ、大丈夫？　割と熱いよ……？

それから一言も発さず貪るように掻き込む子どもたちに、今度はオレの方が呆気に取られて見つめる。口の中が大変なことになってるんじゃないかと、生命魔法水多めのお水を出しておいた。雑炊にしておいてよかったよ、お肉だとそんなにいっぺんに食べたら、きっとお腹を壊していたんじゃないかな。

「――そっか～、街道を外れて歩いたから場所が分からなくなったんだね～」

「普段はそんなことない、今日は魔物に追いかけられたから分からなくなっただけで――！」

彼らが3杯目の雑炊を平らげた頃、なんとか落ち着いたのか会話ができるようになってきた。

彼らはどうやら孤児院の年長者らしい。10歳になるかならないかくらいの4人だ。

疲れているだろうから一緒に野営のつもりだったけど、いくら冒険者でも外で野営する子どもってそう多くない。孤児院なら院長先生がきっと心配しているだろう。

「お前ら、一緒に野営してくのか？」

「早く帰った方がいいなら、あとで街まで送るよ～？」

ラキがふうふうやりながら視線でシロ車を示すと、シロが得意げにウォウッと鳴いてしっぽを振った。

「えっ？　帰れるのか⁉」

「犬の馬車⁉　すげえ……」

まだ忙しく頬ばっているけれど、4人は目を丸くしてシロ車を見つめた。

「じゃあ、お腹いっぱいになったら街まで送るね！」

むしろ、まだいっぱいにならない？　見ているだけでオレのお腹が苦しくなりそうだ。頬杖（ほおづえ）をついてにこっと微笑むと、少年がやっと気付いたように匙（さじ）を下げた。

「お前ら、そんなチビのくせしてなんだよ、なんなんだこれ……」

「そういえばここ、子どもしかいないじゃねえか！　なんでそんな落ち着いてるんだ!?」

にわかに騒ぎ出した彼らに、オレたちは顔を見合わせてくすくす笑った。お腹が満たされて、色々と状況が把握できるようになったみたいだね。

「心配すんなよ！　俺ら結構強いぜ！」

「僕らEランクだよ～。野営も慣れてるから～」

ふふっ！　Eランクなんだよ！　目を丸くした少年たちに、オレたちはつい得意になって胸を張った。オレ以外は依頼ポイントもしっかり貯まってるし、Dランクだってもうすぐだ。

「嘘（うそ）だろ……」

まじまじと見つめる4人の視線に、改めて頑張ってきたことを感じる。そうだよ、野営だって慣れてきたし、護衛だってやったことあるんだよ。彼らを街まで送るくらいお安い御用だね！

「送るのはいいんだけど、この時間で宿空（あ）いてるかな～？　僕らは外で野営する～？」

「それなら孤児院に泊まればいいって！　何もないけどさ、外よりマシだろ!?」

せめてと身を乗り出して訴えた少年の台詞に、オレたちは視線を交わした。正直、野営の方が快適かもしれないけれど……だけど、彼らの厚意を無下にはできない。

　こくりと頷いたオレたちに、彼らはやっと破顔したのだった。


　うーん、眩しい……。明るい陽の光にころりと体勢を変え、シロのお腹らしき場所へ顔を突っ込んだ。今何時だろう？　随分眩しいけど、2人はもう起きてるんだろうか。

「あれ、誰だ？」

「新しい子かしら？」

「だけど、きれいな服を着てるよ？」

　なんだか周囲がさわさわと落ち着かない。そういえば、昨日は野営じゃなかったんだっけ……と、そこまで思い出してぱちりと目を開けた。

「うわっ？」

　途端に飛び込んできた光景に、ついビクッと体をすくめて蘇芳を抱きしめる。

「あ、起きた！」「起きたー!!」

　まじまじとオレを覗き込んでいたたくさんの瞳が、わあっと歓声を上げて駆けていく。早鐘を打つ胸を押さえて周囲を見回すと、全く覚えのない場所だ。

「そっか、孤児院に泊めてもらったんだった」

魔物の跋扈する中で眠れるんだもの、いくら床が固かろうが布団が布きれだろうががっすりだ。タクトとラキは別室で、なぜかオレだけこっちの小さい子組のお部屋で寝かされてしまった。すっかり陽の差し込むようになった部屋でうーんと伸びをすると、簡素な窓の向こうからオレを呼ぶ声がした。

「よう、おはよう！　お前、チビたちの中でも一番起きるの遅いんだな。よかったな、そっちの部屋で」

タクトがにっと笑って覗き込んでいる。どうやら部屋ごとに起床時間が違うらしい。

「なあ、腹減った！　朝飯にしようぜ」

「でも、ここで勝手には食べられないでしょう？」

ふあ、とあくびを零してトコトコと歩み寄ると、タクトに両頬を挟まれた。

「顔、溶けてるぜ！　ほら起きろ！」

「起きっ、起きて、る！」

遠慮なくもにもにと揉まれ、ぶすっとむくれて振り払う。ばっちり起きてるでしょう、ちゃんと見てよ。それに、オレが部屋で一番起きるのが遅いっていうのも気に食わない。

『それはどっちも主のせいだな！　もうちょっと早起きできるようにならないとな！』

『あうじー、がんばようね！』

チュー助がつんつんとオレの頬をつつき、アゲハが慰めるように頬を撫でた。チュー助だっていつもお寝坊でしょ！　不機嫌なオレはチュー助を掴んでわしわしと顔を拭っておく。うん、柔らかくて温かくて気持ちいい。

『ばっちりセットした毛並みがぁー!!　おおお俺様をタオルにするなんて!!』

ぎゃあぎゃあと文句を言うチュー助を胸元に突っ込んでいると、フッと手元が陰った。

「ラキ、おはよう」

「おはよう～。起こさずに起きられたの～？」

偉いねとでも言うように頭を撫でられ、それはそれで複雑な心境だ。

「なあ、ラキ、先生なんて言ってた？」

「うん、僕たちが構わないならありがたいって言ってたよ～」

2人の会話に首を傾げて見上げると、ぽん、と2つの手が肩に乗った。

「「と、いうわけで朝ごはんよろしく～！」」

「――ご、ごめんなさい、まさかこんな風にしてくれるなんて思わなかったものだから……!!　でもお金はないのよ、その代わり何日でも泊まってちょうだい！」

院長先生は申し訳なさそうに小さくなって頭を下げた。タクトとラキに請われて孤児院でみんな一緒に朝食をとることになったのだけど、院長先生が思っていたのと違ったらしい。

土地だけは広い孤児院の庭は、子どもたちの歓喜の声でいっぱいだ。大鍋2つを使ってスープを作り、あと2つの鍋は卵粥(たまごがゆ)。気を使っちゃうだろうと思って質素な朝食にしたけれど、子どもたちには十分だったみたいだ。

「お前たち、しばらくは居るんだろ？　ここに泊まれよ！　いい実の採れる場所とか教えてやるから一緒に行こうぜ！　お前らと一緒だったら、もっと遠くまで行けるよな！」

どうやらシロ車を使って遠出を目論(もくろ)んでいるらしい。長居するつもりはなかったのだけど、依頼を受けるならもう1泊くらいはしてもいいかな。

「だけど、僕たちがいなかったら危なかったよ～？　どうしてあんなところまで行ったの～？」

たしなめるようなラキの声音に、ばつの悪そうな顔をした昨日の4人が、そっと院長先生を盗み見て声を潜(ひそ)めた。

「……ちょっとさ、森の方まで行きたかったんだよ。俺たちもうすぐここを卒業だからさ、残るチビたちのために、考えていることがあるんだ」

「考えてることって？」

4人は顔を見合わせて頷き合うと、にんまりと笑った。

「こっち来いよ、見せてやる！　お前らチビだけど冒険者で強いんだろ？　仲間になろうぜ！」

「院長先生にはまだ内緒な！　上手くいってから見せるんだ！」

ぐいぐいと手を引かれてやってきたのは、孤児院の中庭だった。ただ中庭とは言うものの、少しでも生活の足しになるよう、ほとんどが畑になっている。

「ほら、これだ！」

得意げに示されたのは、オレの胸くらいの高さの低木だ。どうやらこの辺りは各自が自由に植物を植えられるスペースらしく、不規則に紐やら石やらで囲いが作られていた。

「これがなんなんだよ？」

首を捻ったタクトに、少年たちがあからさまに不服そうな顔をした。

「知らねえの？　アツベリーの木だぞ！　ちゃんと根付かせたんだぜ！」

アツベリー？　この子たちが植える木だから、きっと食べられる実が生るんだろう。

「へえ～、これがアツベリーなんだ～。これを育てて売るの～？」

「えっ？　売っちゃうの？　実が生るんじゃないの？」

「実は生るんだけどね～、どっちかというと木質部が売れるんだよ～」

アツベリーの実は食用になるし割と美味しいけど、香木としての需要の方が高いらしく、森で冒険者が見つけると漏れなく根元から刈り取ってしまうそう。

「俺らがたまたま残ってたアツベリーを見つけたんだ！　この木は森で育つから、人の手で育てるのは難しいんだぞ！　俺ら毎日虫取って一生懸命世話したんだからな！」

「へ〜すげえ！　じゃあもっと大きく育ててから売るのか？」

「違うっつうの、言ったろ？　チビどものためにって！　これは大事に残して実を売るんだ」

胸を張る少年に、オレは素直に感心した。子どもでなくても、日々の生活で精一杯の冒険者なんかは割と短絡的な行動をとりやすい。それなのに今すぐ手に入るものより、未来に得るものことを考えられるなんて。

「でも、アッベリーの実だけじゃ大した額にならねえんだろ？」

タクトの台詞に、少年が笑った。どこか大人びた苦い微笑みに、つい視線を奪われる。

「そりゃあ、な。お前らにとってはそうだろうよ」

オレはハッと唇を引き結んだ。育てるのが難しい植物、それも大した額にならない実のために毎日手をかけるなら、薬草でも採ってきた方が早いんじゃないかなって思った。一般の人もそうだからこそ、アッベリーは外で採ってくるものなんだろう。だけど、オレたちにとってほんの些細な金額を得るのも、難しい人たちがいる。

「だけどよう、俺たちはこいつを育てることに成功したんだ。もし、このアッベリーを増やせたらさ、薬草くらいの稼ぎにはなるんじゃねえかなって」

少年はオレの頭を撫で、にっと笑った。

「チビにもできる仕事だろ？　それも安全に。もし金にならなくても腹の足しにはなるしな！」

いい考えだろ、なんて笑う少年の顔には、どこにも蔭りなんてなかった。

「考えは分かったけど、どうして森に行くの～？　他のアツベリーを採りに行きたいってことなら、ちょっと無謀じゃない～？」

ラキの視線に、少年たちは分かってるよと肩をすくめた。

「森へ行って……他のアツベリーを見たいんだ」

「「見たい？」」

思わぬ台詞に、オレたちはきょとんと目を瞬いた。

「このアツベリーはな、卒業生に森へ連れていってもらった時に見つけたんだ。もしかしたらその場所にまた生えているかもしれないだろ？」

そうやって、たまに冒険者になった先輩が引率してくれることがあるらしい。刈り尽くされたアツベリーの群生地で、岩の隙間にひっそりと残っていた細い木が、このアツベリーだそう。

「それを持って帰るってことか？　それがなんで『見たい』なんだ？」

「そりゃ持って帰れるモンは持って帰るぜ。けど、まず調べたい。見ろよこの木、変だろ？」

そう言われてまじまじとアツベリーを眺めたものの、特に病気にかかっているようでもないし、つやつやと元気そうに見えるけれど。

「ないだろ？　全然生ってねえんだよ、実がさ……」

４人はしょんぼりと肩を落とした。

「木は元気なんだ。何がいけねえんだ。この木、去年採ってきた時は実がいっぱい生ってたんだ。今年も花はいっぱい咲いたし、実が生ってる時期のはずなんだ」

俯いた少年が、ぐっと拳を握った。

「そっか……だから、他の木の状態を見に行きたいんだね」

「ああ。次はいつ森に連れてってもらえるか分からねえし、もしこれが木にとってよくない状態なんだったら、早くなんとかしねえと無駄に枯らしちまう」

こくりと頷いた４人の真摯な瞳が突き刺さる。枯れると香木としての価値も著しく下がるらしく、避けたい気持ちは重々分かる。だからって４人だけで森へ行くなんて無謀だ。

「僕たちが一緒に行かないって言ったら、どうするの～？」

試すようなラキの言葉に、４人は不思議そうな顔をした。

「どうって、そりゃ俺らは行くけど。元々その予定だしよ」

「昨日、あのままだったら死んでいたのに～？」

ラキは、『かもしれない』と言わなかった。

「おう、ホント助かった！　おかげで誰も死ななかったぜ」

何の気負いもなく頷く少年たちに、危機感はないように思える。これは、今後も危ないんじゃないだろうか。そう思った時、少年の1人が、ああ、と膝を打った。

「違うぜ、全然違う。お前ら、無謀だって言いてえんだろ？　危ねえってな」

「なんだよ、分かってんのかよ」

拍子抜けしたタクトが息を吐いた。

「ああ、俺は分かったけど、お前らは分かってねえだろ？」

少年は続けた。その顔はやっぱり大人びた苦笑が浮かんでいたけれど、濁らない瞳は真っ直ぐオレたちを見つめていた。

「俺たちにとっちゃな、街は安全じゃねえんだよ。怪我して帰ってくる奴の数、知らねえだろ。帰ってこない奴だっている。外に比べたらマシってなもんだ。だからって街も外も安全じゃねえなら、ここにずっといるか？　飢えて死ぬけどな」

幼子に言って聞かせるように、穏やかな口調で淡々と紡がれる言葉は、オレから『だけど』という言葉を失わせた。

「知ってんだよ。いつも感じてんだよ、命の危機ってやつをさ」

だから、いいんだよ、と少年は笑った。何が、なんて聞けなかった。

オレは知らなかった。危ないことをしなくても、危険が側にある子どもたちのことを。黙ってじっと安全なところにいてなお、死の危機が迫ることを。

「分かったなら、行こうぜ！　どうしても嫌っつうなら仕方ねえけどよ……」

無理矢理連れてはいけねえから、なんて頭を掻く少年は、やっぱり蔭りなく笑っていた。

ぐっと胸が塞いで目を伏せたオレの瞳に、アッベリーが映った。彼らは、置かれた場所で咲いているんだろうか。このアッベリーみたいに。運命に抗うことなく素直に枝を伸ばすのは、いいことなんだろうか。

「一緒に、行くよ」

オレたちに言えるのは、それだけだった。


「あんまり魔物はいねえなー」

シロ車に乗って森まで行くと、不服そうなタクトを先頭に、例のアッベリーを見つけた場所まで歩いた。

「う～ん、何も残ってないね～」

やはり、と言うべきか、古い小さな切り株があるだけで、アッベリーの木は見当たらない。

「ここはそうだろうけど、この周りにまだあるかもしれねえからさ！」

散り散りに探しに行こうとする少年たちを慌てて止めると、そっとティアを見つめた。

「どう？　さっきの畑にあったアツベリーの木を探してるの。いけそう？」

「ピピッ！」

むん、と丸い胸を張ったティアは、パタタッと羽を鳴らして飛び立った。

「ピッピ！　ピピッ！」

あっちの枝、こっちの枝にと尾羽を振り振り、先に立って案内してくれるようだ。

「え？　どこ行くんだ？」

不思議そうな少年たちを尻目に、ともすれば一面の緑に紛れそうなティアを追いかけ森を歩く。ぴこぴこと揺れる小さな尾羽だけが頼りだ。

小道を外れて藪を掻き分け歩くことしばらく、ティアが移動をやめて、さえずり始めた。

「ここ？」

この先は、掻き分けていた藪の種類が変わっている。絡み合うような柔らかい植物の塊から、腰までの固い低木となって行く手を阻んでいた。突然現れたオレたちに、ご馳走を頬ばっていたらしい小動物たちがガサガサ逃げ出していく音が響く。

肩に戻ってきたティアから周囲に視線を戻すと、低木の間にちらほらと赤紫の小さな実がついているのが見えた。もしかして、この藪は全部……？

「す、すげー！　アツベリーがいっぱいだ!!」

歓喜の声を上げた少年たちが一斉にアッベリーへ群がった。いっぱい、と言っても、教室の半分くらいのスペースだろうか。全部を香木として売っても、ブル１匹の買い取り額にも満たないんじゃないかな。

「酸っぱ！　赤いから甘いと思ったのに！」

どうやら一足早く実を食べたらしいタクトがフルフルしている。赤いのはまだ若い実だと思うよ？　多分、紫の濃いのが熟しているんだろう。オレも１つつまんで口へ運んでみると、熟した実であっても割と酸っぱい。なるほど、大したお値段にならないわけだ。

「――うーん、これならうちの木の方が栄養状態もいいはずなのに」

「虫のせい、とか？　俺たちが虫を全部取っちまうから」

「でも取ってたのは葉っぱを食べちまうやつだぜ？　原因は土じゃねえ？」

さっそく採取を始めるだろうと思った少年たちは、真剣な顔で何か話し合い始めた。『見たい』というのは本当だったんだね。同時に、本当に一生懸命アッベリーを育てているのが分かる。

だけど、小道と違って、ここは木々の生い茂る藪の中だ。

パシュ、と軽い音と共に間近に落ちてきたそれに気付いて、少年たちが飛び上がった。

「ま、魔物!?」

「魔物じゃないね～、普通の蛇だよ～」

ラキ、でかした！　肉団子にしたら美味しいやつ！　見事に頭を撃ち抜かれて絶命しているのは、丸々と立派な大蛇だった。

「こんなデカイ蛇が……ひゃ!?」

今度は激しく揺れた藪の音と、けたたましく上がった獣の悲鳴に、少年たちは咄嗟に鳥の雛のように身を寄せて蹲る。

「それで、何か分かったのか？」

振り抜いた剣をしまいながら、タクトがこちらを振り返った。その足下に横たわるのは、小型の猪みたいなレッサーボアだ。ちょっとクセがあるけど、これも食用のお肉！　蛇も猪もそこそこの大きさがあるので、本日の孤児院でのお昼は豪華になりそうだ。

「あ……。いや、ごめん、まだ何も……。お前たち、本当に強いんだな」

ほくほくと獲物を回収するオレを横目に、少年たちは服を払って立ち上がった。

「分からねえんだ。何が違うんだ？　ひとまず、実がいっぱい生ってるやつを持って帰ってみたいんだ。その、俺らもここで採っていってもいいか？」

期待に頬を上気させる少年たちに、オレたちは顔を見合わせる。もしかしてオレたちが採るだろうと思って採取しなかったのかな。

「食えるなら実は分けてくれよ！　酸っぱいけど、ユータが上手いことやるだろ？」

タクトがにっと笑った。どうやらおやつにしてくれというリクエストのようだ。

「え、香木はどうするんだ？」

「別にいらねえんじゃねえ？」

「まあ、僕も枝がいくつかあれば十分かな～？」

食えねえし、と興味のなさそうなタクトに苦笑して、ラキが一応確保するようだ。オレも実があればいいし……他に稼ぐ手立てがあるのにこれを刈ってしまうのは気が引けた。

「オレたちは少しでいいけど、できれば全部刈らないで欲しいな」

オレはそっと周囲を見回した。魔物が少ない森だからか、小動物が多い。きっと大事な食料だもの。

「全部採ったりしねえよ、生えなくなっちまう。院長先生が、生えている植物を全部採って帰るのはバカがやることだって、いつも言っててんだ。オレたちがあの木を引っこ抜いてきたのはさ、あのままじゃ枯れちまうからだぞ」

憤慨（ふんがい）した少年が腕組みして言った。さすが、自分たちで植物を育てているだけあってよく分かっている。他の冒険者にも聞かせてやりたいくらいだ。

「じゃあ、必要な分だけ持って帰ろうぜ！」

引っこ抜き係はタクトがやってくれそうなので、オレはせっせと実を集めることにした。ブルーベリーほどの小さな実は、枝がしなるほどたっぷりと実っている。酸っぱいので小動物以外はあまり好んで口にしないからかな。

　一生懸命実を集めていると、ティアが何か言いたげにオレの髪を引っ張った。

「どうしたの？　何が違うの？」

　しきりと『ちがう』と言っている気がする。何が違うんだろうと顔を上げると、タクトの腕に降り立った。そして、短いくちばしで泥だらけの腕を容赦なくドスドスとつつき始める。

「痛えって、なんだよ？」

　頑丈なタクトはさほど気にも留めずに次を引っこ抜きにかかっているけれど、オレがされたら流血ものだ。

「えーと、何か違うんだって。『それじゃない』って言ってるんじゃないかな」

「え、鳥が？」

　少年たちがぽかんとティアを見つめた。普段はフェリティアの本領を発揮して目立たないティアだけど、こうして行動すると注目を浴びる。

「俺らちゃんと元気がよくて、いっぱい実が生ってるのを選んでるぜ？」

「ピピッ！」

　分かってない、そう言いたげに羽ばたくと、ティアは別のアツベリーに止まった。

「え？　それがいいの？」

オレたちは困惑して顔を見合わせた。ティアが選んだアッベリーには実がひとつも生っていない。なのに、畑に植えるならこれだと言っている気がする。

「あのな、香木にするなら実のない方がいいらしいけど、俺たちは実が――いてっ」

『このど素人がーー！』

ペシーッと小さな翼で少年のほっぺをはたいて、ティアがふんぞり返る。どこぞから碌でもない吹き替えが響いて、傍らのチュー助にじっとりした視線を送った。

『ぺっぺっ！　てめえらは文句言わずに言われた通りやりゃいいんだよ！　ったく、シロートがやると碌なコトがねえ！　――って言ってると、俺様は思うぞ！』

もう少しティアらしい翻訳をお願いしたいと思いつつ、もう一度そのアッベリーを眺めた。

他の木と何も違いはないけれど、全く実がない。これじゃあ畑のアッベリーの参考にもならないんじゃないかな。

見回してみれば、そこここに実のないアッベリーもある。もしかすると、彼らの持って帰ったのは実の生らない種類だとか？　だけど森にある時は実が生ってたって――。

「あ、そっか」

オレはぽんと手を打った。

2章　置かれた場所で

「ユータは何か分かったの～？」

「うーん、多分だけど、この木を選ぶので間違いないと思うよ！」

そもそも植物のスペシャリストの言うことだもの。

「木はいくつ持って帰る？　実の生ってない木ばっかりじゃなくていいと思うよ。実の生らない木も一緒に持って帰りさえすれば！」

そうでしょ、とティアに視線を送れば、ようやく分かったかと言わんばかりに満足げに鳴いて、オレの肩に止まった。まふっと腰を下ろせば、まるで緑の鏡餅（かがみもち）みたいだ。ほかほかのお腹がオレの肩を温め、頬に柔らかな羽毛が触れる。

「ありがとうね」

すりっと頬を寄せると、瞬いたティアは役目は終えたとばかりにウトウトし始めた。

「そう、なのか？　じゃあ1本は実のないやつを持って帰――うわ!?」

シャ、と鞘走り（さやばし）の音がしたと同時に、またも獣の悲鳴が上がった。尻餅（しりもち）をついた少年の目の前には、それなりに食べられるお肉……じゃなくて魔物がこと切れている。

「早いとこ済ませようぜ！　でもまあ、囮(おとり)作戦としては結構いいかもな」

獲物を拾い上げて呟いたタクトに、少年たちの作業の手が早くなった気がした。


「このまま実のないやつも、全部一緒に植えればいいのか？」

孤児院に戻ってくると、さっそく植え替え作業だ。タクトにはその間、獲物を処理しておいてもらおう。

「うん、同じ区画に植えればそれでいい。そうすれば実が生ると思うよ」

アツベリーは周期的に花を咲かせ、1年のうち数回実が採れるらしい。今回は無理だけど、次の開花の時はきっとたわわに実ってくれるだろう。

「それで〜どうして実のない木が必要なの〜？」

「あのね、多分、この木はメスの木なんだよ。それで、こっちがオスの木」

そう、イチョウなんかが有名で、雌雄異株(しゆういしゅ)って言うんだよね。ここらでは地球よりもずっとこのタイプの木が少ないんじゃないだろうか。少年たちはまだきょとんとしている。

「オレの故郷ではね、オスとメスがある種類の木があったんだよ。動物と同じように、オスとメスが揃(そろ)ってないと実が生らないの」

「えっ⁉　この木、動物だったのか‼」

「うーん……動物じゃ、ないと思うけど……」

オレはちらりとティアを見た。動物じゃ、ないと思うけど……でも、鳥になった苔がここに。そして元気に動き回るムゥちゃんもいる。もしかすると、この世界では植物って、思ったよりもずっと動物に近いんだろうか。

「ふうん？　動物じゃないけど動物みたいなもんなんだな！　ごめんな、もっと何かしてやればよかったか？　飯は……食わねえよな？」

少年はぽつんと畑の一角で枝を広げたアツベリーを撫でた。動物じゃないけど……だけど、そうやって話しかけて命として扱うのは、きっといいことなんだろう。

「じゃあ、お前らも今日からここで過ごしてくれるか？　一生懸命世話するからな！」

森から持ってきたアツベリーたちに丁重に説明する様子に、くすりと笑った。

持ち帰ってきたアツベリーは6本、オスの木は2本だ。

「ふう、結構な範囲を耕さないとな。急がねえと！」

「手伝うよ？」

彼らが森で過ごすのは、かなり精神的にキツかったはずだもの、相当疲れているだろう。にこっと微笑んで畑に手をつくと、一気に畝を整えていく。生命魔法もほんのり使えば、きっと土壌にもいい影響があるだろう。ああ、生前あんなに腰を痛めた作業が、こんなにも簡単に……。あまりに一瞬でできる作業に、むしろ腹立たしい気すらしてくる。

「すげえ……魔法使いってすげえな」

素直に感心して目を丸くする少年に、自分でやっておきながらどこか納得いかない。

「そうだけど……一生懸命耕すのだって、きっといい影響があったはずだよね‼」

「なんでお前は怒ってるんだ」

獲物の処理を終えたタクトは、オレのほっぺをつまんで可笑しそうに笑ったのだった。


「よし、あとはお菓子作りだね！」

焼き肉にする！　とタクトが張り切ってお肉を刻んでいたので、オレはお菓子作りに専念しよう。周りで見つめられても困るので、みんなには遊びに行ってもらって作業環境を整えた。

まずは、と採取してきたアツベリーを再び口へ入れる。うん、酸っぱい。レモンほどではないけれど、甘みが薄いので余計に酸っぱさを感じるのかな。ただ、果実らしい爽(さわ)やかな香りは高得点だ。これなら、ドライフルーツにすれば多少甘みも増して美味しく食べられないかな？

2日くらい干せばできるだろうけど、今すぐ試したい。今日のおやつにするんだし。

「魔法でなんとかできるかなあ？」

『できそうな気がするけど、難しいのかしら？　薪(まき)を乾燥させるのと同じじゃない？』

なるほど！　それならオレよりラキの方が上手だ。オレはさっそく、子どもたちと遊ぶラキに声をかけた。

「なに〜？」

「あのね、この実にマキドラーイの魔法をかけて欲しいんだ！」

「え〜できるかな〜？」

できるできる！　ラキってば器用だから！　にこにことアツベリーを差し出すと、仕方ないなあとラキが詠唱を始める。

「——滴る汗のように、煙のように、水は出でて散る。マキドラーイ！」

『やっぱりどうかと思うわ。ネーミングが』

確かに。薪以外にも使えるなら、マキドラーイでは相応しくないかもしれない。

『そうではなくて……』

モモとそんなことを言っている間に、ラキが眉間に皺を寄せてぐっと集中した。職人の時の顔だ。普段のほわっとした表情とは違う真剣な顔は、大人びて格好いい。こうなったラキはいくら眺めていても気付かないので、ついまじまじと見つめてしまう。

集中、すること。見ているとオレの集中力も研ぎ澄まされていく気がする。覚えていよう、この瞳、この雰囲気を。今度、召喚する時は、オレもこんな瞳で臨みたい。

「……できた、かな～？」

ハッと目をやると、しわしわの黒い粒になったアツベリーがそこにあった。

「すごい！　本当にでき、た……ね？」

大喜びでラキへと視線をやると、じっとりした視線とかち合った。その額には汗が浮かび、つうっと一筋流れ落ちる。まるで筋トレでもしたかのような重い吐息がひとつ。

「あ、えーと。これって割と難しい？　その、ありがと！　お疲れ様！」

「そうだね～？　割と、結構、すごく、難しかったかな～」

あはは、と視線を逸らすと、タオルを差し出して回復魔法などかけてみる。

「あ～効く～。それで～？　こんなになっちゃったけど、食べられるの～？」

干し葡萄みたいなドライアツベリーを受け取ると、ひょいと口へ入れる。

「うん！　美味しい！　ラキも、はい！」

差し出したアツベリーをぱくりとやって、ラキが不思議そうな顔をした。

「甘くなったね～。まだ酸っぱいけど、これなら美味しいよ～。何か味付けしてたの～？」

「ううん！　ぎゅうっと色々凝縮されたんだよ、きっと！」

果実らしい甘酸っぱさと爽やかな香り。これは何にでも合いそうだね。

「「「肉ぅーーー!!」」」

「お、落ち着いて食べて！　ちゃんと焼かなきゃダメだよ、お腹痛くなるよ!!」

3台設置した大きな焼き台には子どもたちが群がり、待ち切れずに手掴みで取ってしまいそうな有様だ。タクトがせっせと刻んだ本日の獲物たち、焼くだけだと硬いお肉はスープにして、ここぞとばかりに野菜をぶち込んでおいた。だって、どうせ野菜を焼いてもみんな食べないものの。みるみる減っていくお肉の山に、そっとオレたちの貯肉分も追加しておいた。貯まる一方だからね、こういう時に使うのが一番だ。

「お金は出せないと言ったつもりだったけど……どうしましょう、本当にここには何もないのよ。何か私にできることはあるかしら？」

院長先生はとても困った顔でおろおろしている。お肉も全然食べていない。

「あのね、これはあの子たちの取り分だから心配しないで！　オレたちの欲しいものはもらったから大丈夫！」

彼らがいなければアツベリーの収穫もできなかったし、彼らが囮になって魔物を集めたようなものだしね。オレは院長先生のお皿にたっぷりとお肉を盛って隣に座った。

「ねえ、獲ってきたお肉、食べてみて！」

「え、えぇ……」

院長先生がお腹いっぱいになるまで、側にいよう。オレは一口食べては申し訳なさそうにする院長先生に、悪巧みの顔で笑った。

「ふははは！　甘い甘い！」

「うわあー！」「怯むな、みんなでかかれー！」

戦闘ごっこだろうか、それともタクトが魔物役なんだろうか。群がる子どもたちを捕まえては投げ、振り回される棒きれを避け、タクトは子どもたちに集中攻撃を受けながらも楽しそうだ。なかなか体力を使う遊びだね。あれはタクトに任せよう。時折ラキが水鉄砲で参戦するために、割と本気の訓練になっていそうだ。またもおろおろする院長先生が気の毒だけど、怪我するならタクトだと思うから大丈夫だよ。

「お腹いっぱい……」

「一生分のお肉食べた～」

一方、こちらにはお腹いっぱいになった子どもたちが、あちこちで動けなくなって転がっている。緩んだ顔から滲む満足感に、おやつはもう少しあとにしようと笑った。

お腹が空いて、お腹いっぱい食べられる。こんなに幸せなことってない。にこにこしながら膨らんだお腹をさすっていると、ふぁ、とあくびが零れた。

「あと、眠い時に眠れる。この2つがあれば、オレは幸せかも」

みんなに倣ってころりと地面に横になると、眩しさにぎゅっと目を閉じた。青空で伸び伸びと光を伸ばすお日様は、なかなか強力にまぶたを貫いて光を届けてくる。

眠いけど、眩しい。だけどもう半分眠っているから、動きたくない。眉間に皺を寄せてうつらうつらしていると、間近に人の気配を感じた。少し間を置いて、どうやらそっと隣に腰を下ろしたらしい。強い光がふわりと途切れて、オレのまぶたから力が抜けた。

この気配はタクトだと思うけど、どうしたんだろう？　随分と静かだ。

「——タクト兄ちゃん、もっと遊ぼう！」

小さな足音がいくつかパタパタと駆けてきて声をかけた。やっぱりタクトだ。

「おう、あとでな。今は、しーっ！　だぜ。まあ、こいつはそうそうのことじゃ起きねえけど」

くっくと抑えた笑みが聞こえて、夢うつつにムッとする。だったら起きてやろうと思うものの、整った環境に意識はどんどんと薄れていく。

「ほんとだ、かわいいなあ」「お姫様みたいね」

確か君たち、オレより年下——。囁かれる声に納得いかない思いを抱きつつ、オレはころりと夢の世界に転がり落ちたのだった。

う～ん……痛い。不快な感覚に、うっすらと意識が浮上してくる。痛む部分に手をやると、オレのほっぺを引っ張っている、ふわりと温かいものに触れた。

『おやつ』

ペチペチペチ！　今度は小さな手が催促するようにおでこを叩く。

「蘇芳～、ほっぺ引っ張っちゃダメだよ……痛いよ」

『分かった。ごめんね』

さすさす、と柔らかく小さな手がほっぺを撫でる。蘇芳は人への力加減が下手くそだ。姿が随分変わったせいもあるのだろう。割と乱暴なところがあるから、その都度教えてあげなきゃ。

「大丈夫だよ。おはよう、おやつって？　あ、そっか、寝ちゃってたんだね」

蘇芳を抱えて体を起こすと、何かがするりと胸元を滑っていく。いつの間にやらマントがかけられていたようだ。

傍らでは、マントの持ち主が片膝を立てた姿勢のまま、眠っている。間もなく9歳になる少年は、オレの記憶する小学生とは比較にならないくらい大人びて精悍だ。それでも、眠る姿は十分にあどけない。

「タクトだって、寝てるじゃない」

くすっと笑ってマントをかけようとすると、濃い赤茶の瞳がパチリと開いた。

「お、起きたのか」

起きた瞬間からバッチリと覚醒するタクトは、にっと笑ってマントを受け取る。鼻でもつまんでやろうと思っていたのに、少々不満だ。

「やっと起きた～」

オレたちの様子に気付いたらしく、ラキも子どもたちの相手をやめて歩み寄ってきた。

「僕、疲れたよ～。子どもって元気だよね～」

「ラキだって、まだ子どもでしょう？」

何言ってるんだかと笑うと、ラキはそうだったかな、なんて微笑んでみせる。

「ユータは間違いなく子どもだけどね～。だけど元気ではあるけど、すぐ寝るよね～」

「そんなことないよ！　だってほら、タクトだって寝てたんだよ!?」

「お前が寝てんの見てたら眠くなるんだよ！　お前の爆睡と俺のうたた寝を一緒にすんな」

むにっと頬を潰して鼻で笑われ、ふて腐れてその手を振り払った。だけども、あの目覚めを見てしまうと下手な反論は墓穴を掘りそうだ。

『おやつ』

痺れを切らした蘇芳が、今度は思い切りオレの顔面に貼りついてきた。

「うぶっ！　……そうだね、そろそろおやつにしなきゃね」

『ぼくも！　おやつ食べたい！　いいこで待ってたよ！』

飛び出してきたシロが、ウキウキとオレの周囲を走り始めた。みんなもお腹は落ち着いたかな？　ドライフルーツだけだとすぐになくなっちゃうから、刻んでクッキーに散らしてみたんだよ。クッキーは量産が可能で美味しい、しかも手軽。まったく優秀なお菓子だ。

ただ、お肉ほどたくさん用意できないから、みんなに平等に行き渡るよう個人ごとに配ることにした。これなら慌てず食べられるでしょう。

「お菓子だ……！　これ、お菓子だよね？」

お菓子を知ってはいても食べる習慣がなかった子どもたちは、お肉ほどがっついたりしなかった。きらきらした瞳で、大事に、大事に手に取って眺め、匂いを嗅いで、そして皿に戻す。

「食べないの？」

「食べるよ！　食べるけど、ちょっと待って」

お腹が満たされているせいもあるのだろう。にこにこと眺めてはなかなか手を着けない様子に、院長先生が少し目元を拭った。

「美味いな！　もうねえの？」

「ドライフルーツが少ないからね、これだけだよ」

物足りなげに見回したタクトの視線を感じ、子どもたちが慌ててクッキーを手に取った。

「わあ。甘ーい！　ねえこの粒々はなに？」

「食べたことない味！　甘くて、サクッとして、いい香り！」

ほっぺを紅潮させて喜ぶ子どもたちを見て、ほっとした。酸味の強いアツベリーは子どもには不評かと思ったけれど、そもそも果実を食べていた子どもたちに心配は無用だったみたい。

「な、これもしかして採ってきたアツベリー？　すげーな、違うモンになってる！」

「そうだよ。ね？　これなら実をそのまま売るよりもいいかなと思って」

天日干しにするだけだもの、子どもにだって作れるだろう。もしお金に余裕ができたなら、砂糖漬けにするとなおいいと思う。

「これなら、薬草と同じくらいにはなるんじゃねえ!?　いや、きっともっと……！」

森へ行ったメンバーが瞳を輝かせた。珍しいものではない、高値になったりはしないだろう。だけど、果実のまま売るよりはずっといい値がつくだろうし、何よりも日持ちする。

「本当、子どものおやつだと思っていたけれど、これはなかなか……紅茶に入れてもいいかもしれないわ」

遠慮がちに1枚口へ入れた院長先生が、真剣な瞳をした。うん、フルーツの香りがする紅茶、とってもいいと思う！

「あとね、お金ができたらだけど、こういうのもどう？」

「まあ、きれいね！」

差し出したのは、薄いバゲットに載(の)せたフルーツバター。刻んだドライアツベリーをたっぷりとバターに混ぜ込み円柱型に固めれば、オシャレなフルーツバターの出来上がり！　普通にバターとして塗(ぬ)ってもいいし、スライスしてこんな風に載せても素敵だろう。

ふんふんと熱心に耳を傾ける院長先生は、とても聞き上手だ。思いつくレシピを夢中で語っていると、ふと悲しげな顔をした。

「ありがとう、あなたはいろんなアイディアがあるのね！　だけどアツベリーをたくさん採ってくるのは難しいの。もし採ってこられたらやってみるわね」

柔和(にゅうわ)な微笑みを浮かべた院長先生を見て、オレはちらりと4人組に視線を走らせる。

「院長先生、心配いらねえ!!」

「俺たちが卒業するまでに、なんとかしてやるから！」

頷き合った4人が、院長先生の両手を引っ張って中庭へと走った。

「ほら！　な、これでアツベリーをいつでも安全に収穫できるだろ？」

「え、いつの間にこんなに!?　これがアツベリー？　だけど、人の手で育たないでしょう？」

「育つぞ！　この木、これは俺たちがここまで元気に育てたんだからな!!　チビたちもここでなら働けるだろ？　危なくないぞ！」

一番立派なアツベリーを指して、少年たちが胸を張った。

「――!!」

院長先生は両手で顔を覆うと、ぼろぼろと泣いた。アツベリーが収穫できることよりも、栽培の難しいアツベリーを育てたことよりも、もっと嬉しいことがあったから。

「そんな、ことを……考えてくれるように……」

おろおろする少年たちを抱きしめ、院長先生はただ泣きながら微笑んだ。

「大きく、なったのね……」

震えるその声は、きっと刻まれただろう。彼らの心に、誇りと共に。

「――じゃあ、それを院長先生に渡しておいてね」

院長先生を少年たちに任せ、オレたちはそっと孤児院を出た。気付いて駆け寄ってきた子にドライフルーツのレシピを託すと、手を振って帰路の旅を再開する。

「なんか、ああいうのもいいな。俺、割と子どもと遊ぶの好きかもしれねえ」

「それはタクトが同類だからじゃないの～？」

院長先生が追いかけてきても困るので、オレたちは早々に街を出てシロ車に揺られている。

「違うだろ！　俺、ちゃんと面倒見てたろ!?」

憤慨するタクトに、オレたちはくすくすと笑った。そうだね、たくさんの元気な子たちとの生活は、きっと大変で、きっと楽しい。年をとって冒険者生活を引退したら、孤児院を開くのもいいかもしれない。

『あなた、まだあの子たちと同じくらいの年でしょ、どれだけ先のことを考えるのよ……萎(しな)びてるわね』

モモがまふんと揺れて呆れた視線を寄越した。そう？　輝く未来のことを考えるのは、萎びてはいないでしょう？

『あなたにとっては、それも輝く未来なのね』

やれやれと平べったくなったモモを撫で、オレは遠くなっていく街を眺めた。耳にはまだ、賑(にぎ)やかな子どもたちの声が響いているような気がする。

あの子たちは、懸命に生きている。種の落ちた場所で育つしかないアツベリーのように。自ら大きく何かを変えることはできなくても、彼らができることを精一杯に。置かれた場所で咲くのは、諦(あきら)めじゃないんだね。それは、運命を変えるために彼らができる唯一のこと。枯れる運命だった貧弱なアツベリーが、懸命に伸ばした枝を見つけてもらえたように。

青々と立派に育った畑のアツベリーを思い浮かべ、オレはにっこりと笑ったのだった。

3章　いない時間に想いを寄せて

「へえ、タクトもやればできるんじゃない〜」

ラキがにっこりと微笑んだ。

「そうだろうよ！　この地獄を抜け出す方法……それにはもうこれしかないんだ!!」

そんな血を吐くように言われても。オレたちだって一緒に勉強してるからね!?

どうやら嫌々やってもなかなか点数は取れないと気付いたらしい。そりゃあ、単に宿題をこなすわけじゃないからね。試験に受かるには、自分で理解するしかない。真面目に取り組みだしたおかげで、タクトの試験対策も大丈夫そうだ。シロ車の旅は相も変わらず順調そのもの。孤児院を出てからも、特にトラブルに見舞われることなく今に至っている。勉強も目処がついたし、この分だと、明日にはハイカリクに着けるだろうか。

「試験、なんとかなりそうだね！」

「戻ったら僕たちも3年生かぁ〜」

「3年終わったら卒業もできるんだぜ？」

オレたちは、シロ車に揺られつつ空を仰いだ。卒業かあ……。学校は最長7年、最短3年の在籍で卒業資格を得る。……オレは、どうしようかな。

召喚術についてはもう習ったし、常識についても、もう大丈夫だと思う。今も立派に冒険者としてやっているのだから、社会勉強も十分だ。

『そうかしら……』

モモが異議ありと、ぽふぽふオレのほっぺに体当たりをする。そりゃあ、まだ知らないこともたくさんあるもの、学べるなら学んだ方がいいに決まってる。学費くらい十分に払える稼ぎもある。オレはカロルス様が払ってくれているけれど、その分何か別のお返しをするつもり。

せっかくだし、オレは3年以上在籍したい。でも、2人はどうするんだろう。

高い位置にある2人の顔を見上げると、ふと視線を下げてラキが微笑んだ。

「僕は加工師だから、長く在籍するつもりだよ～。お金の工面もできるようになったしね～」

オレを覗き込んで、するりと頭を撫でる。そっか！　なんとなくほっとしてにっこりすると、タクトがごろりと仰向けに転がった。

「オレは卒業しようかな！　勉強したくねえ!!」

「えっ……!?」

タクトが、いなくなる……？　息を呑んで見つめると、どこか楽しげな瞳と目が合った。

「——なんてな！　俺がいねえと寂しいだろ？」

にやっと笑ったタクトに頬をつままれ、盛大にむくれて振り払った。

「それに、俺がいねえと、お前ら朝起きられねえだろ！　毎日薬草採りしかできねえよ？」

「「うっ……それはもう、日々感謝シテオリマス～」」

拝んだオレとラキに、タクトは満足そうな顔をした。うーん、ゆくゆくはモモに依頼を受けに行ってもらうとか……せっかく召喚士なんだから、ありかもしれない！

『ありじゃないわよ、討伐されかねないわよ……』

「じゃあ、シロにモモが乗って、チュー助が必要時のお話役でどう？　何かあってもシロがいるし、モモがシールドを張って完璧じゃない？」

ちょっとブレーメンの音楽隊みたいだけど。

「ユータ、召喚士って……召喚獣って、そうじゃねえよ」

「召喚獣使うのはそこじゃないから～」

2人はぽん、とオレの両肩に手を載せると、残念な顔で首を振ったのだった。

――ユータ、あっち見て、きれいなの！

そろそろ野営地を探そうという時になって、ラピスが小さな瞳を輝かせてオレの胸元に飛び込んできた。

――ユータもあっちに行くの！　一緒に見るの！

「待って待って、もう日が暮れるからテントとか準備しなきゃ」

一生懸命オレを引っ張るラピスに、どうしたものかと2人に視線をやった。

「どこかに行きたいの～？　もう野営をするから遠くには行けないよ～？」

「すぐそこにきれいなところがあるんだって」

「じゃあ、そこで野営すりゃいいんじゃねえ？　行こうぜ！」

せっかくきれいな場所があるなら、見逃す手はない。オレたちは冒険者だもの！

ラピスの先導で藪を抜けて小高い丘を登り切った途端、目の前が真っ赤に染まった。

「わあっ！」

「すげー！」

「絶景だね～！」

赤い土、赤い岩で形成された峡谷に差し込んだ、夕日。そこはまるで違う世界に来たように赤く燃えていた。眩い炎色は、熱すら感じる気がする。

――ラピスが間違えていっぱい燃やしちゃった時みたいなの。でもきれいなの。

……それは聞かなかったことにして、オレンジ色に染まったラピスをふんわりと撫でた。

「ありがとう、本当にきれいだね！」

峡谷が燃え上がる、ほんのひと時の時間。この輝きは、きっと今だけ。

「来てよかったな！」

にっと笑うタクトの髪が燃えるようで、目を細めて俯いた。

「うん、来られて……よかった」

3人で過ごす時間。それも、こんな風にひと時の眩い輝きなんだろうか。

……卒業のことなんて考えていたから。タクトが卒業するなんて言うから。美しい景色に動いた心は、簡単に揺れる。

「思い出に、なっちゃうのかな」

この美しい景色と楽しかった時間。いつかそれを懐かしむことになるんだろうか。

「うん、いい思い出になるね～」

落とされた視線を感じてゆっくりと顔を上げると、ラキの淡い色の瞳も燃えていた。

「いつか、大人になってから。何を覚えているか、3人で言い合いっこしようか～」

大人になるまでの時間と、大人になってからの時間。それはまるで、どちらも一緒にいようと言ったみたいで。慌ててきゅっと唇を結ぶと、忙しく目を瞬いて、いよいよ燃えさかる崖に視線を戻した。

「思い出の場所巡りしようぜ！　その頃には、俺らすげー冒険者になってるだろうな！」

思い出になった先の、未来の楽しみ。他愛のない子ども同士の約束が、冒険者パーティという形となって現実味を帯びる。当たり前のように隣に在ることを信じる姿に、オレの心の炎も揺らめいて大きく燃えた。

「――で、なんで泣いてんの？」

「へ？」

崖を見つめて呼吸を整えていたら、ぐいと仰のかされる。突然の暴挙に、泣いてなんていなかったはずなのに、目の端から雫が零れ落ちた。

「あ～もう、タクトってば～」

ラキがやれやれと苦笑して、カッと頬が熱くなるのを感じた。あまりの衝撃に言葉が出ない。

「お前、顔真っ赤だ……うおお⁉」

わなわなと震える手で短剣を握ると、ぶんと両の手を振った。ちなみに、かろうじて残った理性のおかげで、鞘はついていた。

「危ねえ！　なんだよ⁉」

「今のは、タクトが悪いねえ～」

大ぶりの一撃を避けられ、舌打ちする。ほんの1年前は全然避けられなかったのに！　だめだめ、冷静にならなきゃ。ふふ、と口角を上げて腰を落としたオレに、タクトが及び腰になる。

「待て待て待て、なんで怒ってんだよ！　別に、お前が泣くなんて珍しくも……やべっ!?」

「もうすぐ暗くなるから、気が済んだら戻ってくるんだよ～」

ラキの声を後ろに聞きながら、オレはタクトを追って走ったのだった。


『――見えてきたよ！　ぼく、このまま街に入っていい？』

うとうとしていたオレは、シロの声にハッと目を開けた。

「いいんじゃない～？　シロのことは割と知られてるし～」

「もう着くの？」

かけられていた毛布を跳ねのけて飛び起きると、進行方向に目を凝らす。

「よう、もう着くぜ！　おねむはもういいのかよ？」

オレが眠いのはタクトのせいですー！　昨日タクトのせいで野営準備が遅くなったし、ごはんも遅くなったし……だから眠いだけだ。

『主が追いかけ回すからだろー！　俺様腹減ってたのに！』

だってタクトが逃げるんだもの。断じてオレのせいじゃない。

「あ、シロちゃんだー！　どこ行ってたの～？」

横を行く馬車から幼い声が響いた。シロがウォウッと返事をすると、目一杯身を乗り出した女の子が嬉しげに手を振っているのが見える。

『ぼくのこと、覚えてくれてるよ！』

高速で振られるしっぽで、シロ車のスピードさえアップしそうだ。あまつさえスキップを刻み出した四つ足の歩みは、確実に速くなった。

「帰ってきたんだね！」

「俺たちの拠点の街だもんな！」

「もう懐かしいような気がするね～」

門番さんにいささか戸惑われつつも、シロ車は無事に門を通過した。出発した時と何も変わらない街並みに、うきうきと心が躍る。

オレたちはシロ車から飛び降りて顔を見合わせると、正面を向いた。

「「「ただいま!!」」」

誰にともなく声を上げ、拳を突き合わせてにんまりと笑う。ねえ、大丈夫だったでしょう。オレたちは、ちゃんと無事に帰ってきたんだよ。ほんのりと苦笑しつつ抱きしめてくれるであろう人たちを思い浮かべ、オレの心はさっそくそわりと落ち着かなくなった。

寮に戻ったものの、騒ぐ心のままに、オレは腰を落ち着ける間もなくロクサレンへと転移した。だって、カロルス様たちに無事に着いたことをお知らせしなきゃいけないし、もうひとつ大事なことがあるもの。

「ただいまー！」

お目当ての人物を見つけるやいなや、ピシリと着こなされた執事服へ飛びついた。

そう、今日だけはカロルス様じゃなくて、執事さんのところじゃなきゃ。だって、ずっと1人でお留守番してくれていたんだもの。

「ユータ様、お帰りなさい。急に飛びついては危ないですよ」

わずかに戸惑った執事さんは、受け止めたオレをそっと床に下ろした。負けじと満面の笑みで見上げると、眩しげな微笑みが返ってくる。

「執事さん、お留守番してくれてありがとう！　あのね、お土産（みやげ）いっぱいあるんだよ！」

執事さんが欲しいものって難しくて、もう色々と買ってきたんだ。ハンカチでしょ、おやつでしょ、あときれいなペンに美味しいチーズと――。気を使わせるだろうから、お値段は安いものばかりだけれど。

次々と収納から取り出すお土産に、執事さんは目を丸くして慌てた。

「ゆ、ユータ様？　そんなに、私に？　どうぞご自分でお使い下さい。私はユータ様がご無事で戻ってきて下されば、それでいいのです。それがお土産ですよ」

オレが、お土産？　そっか、それなら。ふわっと笑うと、いっぱいに背伸びして両手を伸ばした。オレだってもう大きいから、さすがにちょっと恥ずかしいけれど。だって執事さんがそう言うんだもの、仕方ない！

「――ねえ！」

伸ばした両手でぱんぱんと執事服を叩いて催促する。

「やはり子どもだけの旅は寂しかったですか？　カロルス様は執務室に――」

ぎこちなく抱き上げた執事さんに、べったりと身を寄せて首筋に腕を回した。カロルス様より細いとはいえ、それでも歴戦の戦士を感じる。執事服はそれを見事に覆い隠してしまうんだ。

「ううん、カロルス様はお留守番してないから、いいんだよ！」

ぎゅうっと力を入れてしがみつくと、森の木のようなどっしりと落ち着いた香りと、揺るがない根を感じる。オレは落ち着くけれど、執事さんはどこか緊張しているような気がした。

「あのね、帰りはシロ車だったんだよ。途中で孤児院に――あ！　そうだ、ほらこれ！」

ぱっと体を離すと、執事さんの目の前にアッベリークッキーを差し出した。収穫したアッベリーは旅の途中でしっかり天日干しにしておいたんだ。

「ええと、はい……」

引っ込めない手に負け、執事さんは苦笑してぱくりと口へ入れた。

「酸っぱいけど、爽やかで美味しいでしょう？　それでね――」

そうだ、王都にいた時のお話も、まだ全部伝えられていないもんね！　話し出すと次から次へと言いたかったことが溢れて止まらない。

お土産は、いっぱいあるよ。

オレは温かな銀灰色の瞳を見つめ、わくわくと笑った。

＊＊＊＊＊

ただいま、の声と共に飛び込んできた小さな雛鳥は、やわやわと頼りない体でグレイの腕の中にいた。小さくぺたぺたとした手が首筋を捕らえ、冗談のように柔らかい頬が触れる。

この力加減でいいのだろうか、もう少し緩めなければ潰れてしまわないだろうか。1人動揺するグレイの心を知らぬげに、ユータは声まで弾ませてさえずり始める。かと思えば、伏せていた顔をさっと上げ、身を離して何かを差し出した。泡を食ってお尻を支えたことなど、気にも留めていない。

目の前にある満面の笑みと、差し出されたクッキーを眺め、グレイは苦笑した。

（私に手ずから食べさせるなど、あなたくらいのものですよ）

甘酸っぱい果実の香りと、菓子の甘い香りがしみじみと体に広がる。なんと、苦くない苦笑もあるものだと、グレイはどこか他人事のように感心した。

おしゃべりと共にだんだんと動きの激しくなる脆い体を支えていると、高い体温がじわじわと枯れた体を温めるのを感じる。ぺたんと身をもたせかけては、パッと離れてグレイの瞳を覗き込み、また思い出したように身を寄せる。間近に星を浮かべる瞳を見つめるのも、首筋に柔らかな頬の産毛を感じるのも、どちらも甲乙つけがたい。弾む声音を聞いているだけで、身の内に何か注ぎ込まれていくような気がした。

と、じいっと見つめるユータから、何度目かになる同じ問いが発せられ、グレイはまた同じように返した。

「――まだ、重くない？」

「重くなどないですよ」

下ろせという意味だろうか。冷静な思考が巡るのを感じつつ、グレイのその腕は一向に緩まなかった。

「…………」

だから、触れずにいたものを。こうまで触れてしまえば、離しがたくなる。

「どうしました？」

やや不満げな表情に、これはさすがに終了の合図かと残念に思う。

「ううん……オレ、結構大きくなったんだけどな」

言われた言葉を反芻し――つい、吹き出した。

むっとした瞳が『今、笑った？』と言いたげに、逸らされた瞳を追いかける。

「……そう、です、ね。しっかり、成長されましたよ。その、私は戦闘員ですから」

グレイはフルフルと震える体を気合いで抑え込み、見事穏やかな微笑みを浮かべてみせた。

彼はこの時ほど自分の感情コントロール能力に感謝したことはない。

「そっか、そうだよね！　執事さん鍛えてるもんね！」

不審そうに目を向けていたユータは、案の定にっこりと頷いた。いかにも満足そうな笑みに、再び震えそうになる体にぐっと力を入れる。途端にトン、と小さな体が胸元へぶつかり、ハッと目をやった。つい、抱く腕にも力が入ったらしい。硬い胸板に黒髪がくしゃりと乱れ、きょとんとした瞳がグレイを見上げていた。

――しまった。

抱き寄せてしまった柔らかな温もりに、グレイはひどく狼狽した。

「す、すみません！　苦しくはなかったですか!?」

そっと下ろされたユータは、グレイの珍しい様子にくすくすと笑った。

「執事さん、大丈夫。オレ、怖くないよ。チュー助じゃないもの、噛みついたりしないよ？」

『なっ⁉　噛みつくのは俺様じゃなくてそっちの――』

憤然と主張しかかったチュー助の気配は、すぐさま短剣の奥に引っ込んだ。

「……そうですね。ユータ様はそんなことはしませんね」

グレイは屈み込んで淡く微笑むと、ユータの耳元でそっと囁いた。

「――ですが、私はユータ様が怖いですよ」

「え、オレが？」

ユータは心底不思議そうに首を傾げた。

「ええ、あなたが」

真意を測ろうと見つめる瞳に、グレイはついに堪え切れずに笑った。

「もしかすると、世界一怖いかもしれません」

「世界一⁉」

仰天した瞳が零れそうに見開かれ、グレイは満足そうにユータを見つめた。怖くないはずがない。いつかは、己の致命傷になるのではないか。いや、もう既に……。

漆黒の瞳は、楽しげなグレーの瞳をじっと見上げ、くすりと笑った。

「……じゃあ、カロルス様は何番目くらい？　あ、セデス兄さんは二番目くらいでしょう？」

してやったり、と口角を上げていたグレイが、ぴたりと止まった。

「オレはね、怖くないよ。何番目っていうのは難しいけど、執事さんもだ――」

満面の笑みで綴られようとした言葉は、かさついた手で止められた。

「……？」

口元を塞がれたユータが目を瞬かせていると、絞り出すような小さな声が聞こえた。

「参りました、ユータ様。そこまでで……」

片手で覆って伏せられた顔は、何ひとつ見えはしなかったけれど、塞いだ手は普段よりずっとずっと高い体温を伝えていた。

＊＊＊＊＊

「帰ってきたねぇ」

狭いベッドで久々の天井を見上げ、ほぅ、と息を吐いた。

フスーフスーと大きな寝息、そして小さな寝息があちこちから聞こえる。ころりと寝返りを打ってサラサラの毛並みに顔を突っ込むと、下りてきた鼻先がスンスンと首元に触れた。いつもひやりと冷たい鼻が、温かく乾いてくすぐったい。

狭いベッドは、どこに寝返りを打っても誰かに触れる。最初は小さい組を潰してしまわないかと不安だったけど、ティアは安全な場所を確保するし、チュー助は大騒ぎするから大丈夫だ。ラピスたちに至っては、そんなことで潰れるはずもない。

『……もう起きるの？』

オレの首筋に鼻を突っ込んだまま、眠っているとばかり思っていたシロが囁いた。

「うん、行くところがあるからね」

ゆっくり寝ていたいけど、いいんだ。だって向こうでゆっくり眠ればいいんだから。

『じゃあぼくはゆーたの中で眠ってようかなあ』

ぺろ、と大きな舌で舐められ、ひゃっと首をすくめた。慌てて体をずらし、大きな頭を抱え込むと、今度は手のひらをぺろりとされる。

「シロ、くすぐったいし、ベタベタになっちゃうよ」

『そう？　でもぼく、ゆーたを舐めたいよ』

言ってるそばから頬を舐められ、くすくす笑って硬い鼻面を押しやった。代わりにその顎の下へ潜り込むと、たっぷりした胸元の毛並みを堪能する。普段ひんやりしがちな表面の被毛まで、ほんのりと温かい。これはシロの体温だろうか、それともオレの体温だろうか。心地いい温度のサラサラ毛並みは、頬ずりしているとまた眠くなってきそうだ。

『起きるんでしょう？』

せっかく起きたんだから、と言わんばかりに頭の上でモモが弾む。ぽふ、ぽふと軽い衝撃に、独特の柔軟な体。受け止めた両手から零れるような、フラッフィースライムにしかないこの手触りが最高だ。

「起きるよ……。モモは柔らかいね」

『そうでしょう！　私はとっても柔らかいの』

得意げなモモを抱え、よいしょと体を起こした。早く行かないと、きっと待っているから。

「今日はどこで寝てるかな……あれ？」

そっと転移して、周囲を見回した。大体その日の特等席でごろごろしているんだもの、今日だって寝ているだろう。そう思ったのに、ルーはこちらへ背を向けて座り、湖を見つめていた。お座りしている姿が珍しい。相変わらずこちらを見もしないけれど、持ち上がったしっぽの先端は落ち着きなくぴこぴこと動いていた。

「……ただいま」

そうっと前に回ると、真正面で金の瞳を見据え、にっこりとそう笑った。

いつも通り不機嫌そうな獣は、むすっと口をつぐんでいる。だけど、金の瞳の奥はゆらゆら

と揺らめき、なんと答えたものかと迷っているのが分かる。

「おかえり、って言えばいいんだよ」

そんなことを言うルーは想像できないとくすくす笑いつつ、そう言ってみせる。

「うるせー！　ここはてめーの帰る場所じゃねー！」

座ると随分背の高い獣にぱふっとしがみつき、日差しを浴びたぬくぬくの被毛に顔を埋めた。

「ただいま。この場所に帰ってきたんじゃないよ、ルーのところに帰ってきたんだよ」

だから、ただいまで合っているんだよ。やっぱりおかえりは返ってこないけれど、その落ち着かない仕草で十分だ。

光を吸い込む漆黒の毛並みは、指を通すと溢れた光がきらきらと七色に輝いている。何度も何度も滑っていく自分の指を目で追って、うっとりと目を細めた。

このまま、ルーの上でうとうとしたい。横になってくれないかな。見上げた顎は、凛々しく引き締まって彫像みたい。何を見てるんだろうと、オレもルーに背中を預けて座った。

風のない日は、本当に静かだ。光の加減で、湖面は鏡になったり、完全に透過したりする。水面に散った葉っぱがまるで空に浮いているようで、水と空の境が曖昧だ。オレが空中にいるような、水中にいるような、反転する不思議な感覚を楽しみながら力を抜いた。

「……きれいだね」

ふと、視界の端に鮮やかな色彩が映った。視線を彷徨わせると、青や緑の世界の中で、小さな紅い実が目に留まった。湖の中から突き出た枝に、さくらんぼほどの小さな実が生っている。

「ねえルー、あれはなに？」

目を凝らすと、たわわに実った粒はザクロのようにほんのりと透け、光を受けてきらきらと輝いているようだ。

「ほら、あれ！　きれいだね！　食べられるのかな？」

ぴょんと飛んで太い首にぶら下がると、ルーは気のない返事でごろりと横になった。

「女神の聖珠。食える」

「そっか！　神々しい名前だね……貴重なものなの？　食べてみたいねえ」

「そこにある」

勝手に食えと言われたようで、目を瞬いた。大事な実じゃないの？

「放っておけば鳥が食うか腐って落ちるだけだ」

「えっ!?　じゃあ採ってもいい？」

「なんで俺に聞く。勝手に採ればいいだろうが」

そうなの？　じゃあ遠慮なくいただこうかな？

『気持ちいいね！　お水がきれいで、とってもサラサラするよ』

すいすいと泳ぐシロの背中に乗って、透明な水を滑るように移動する。膝まで捲った足が水に浸かって、シロと一緒に波紋を広げていった。水底の石や倒木までくっきり見え、光の網がかかる湖底には、オレとシロの影が浮かぶ。まるで本当に空を行くみたいだ。

『これだね、いい香りがするよ』

「わあ、本当だ！　これ、食べられるんだよね？　すごくきれい！」

まるで宝石みたいで、口に入れていいものかと戸惑ってしまうほど。

『食べてみる？』

「うん、だけどみんなで食べるよ！」

小さな指でひとつひとつ、丁寧に摘んで収穫する。プチリともぐと、微かに跳ね上がった枝から水滴が七色に散った。

『スオー、手伝う』

『俺様も！』

小さな手指で優しくもいだ聖珠は、ころりと手のひらで輝いてルビーのようだ。大切に収納にしまって引き返すと、濡れた服もそのままに、ルーの鼻先に一粒つまんでみせた。

「見て！　すっごくきれい！　これ、すごい名前だから貴重なんじゃない？」

「……ヒトにとっては貴重だな。普通は聖域に生るものだからな」

そう言いながら、オレの指ごと舐め取って小さな実を口へ運んだ。

「美味しい？」

「まあな、そういうものだ」

割と素直な返答に、オレの料理の時も素直に言ってくれたらいいのにと思う。

伏せたルーにもたれて座ると、オレたちも一粒ずつ実を配った。

『う、美味い!! 俺様こんな美味い実はじめて！』

――甘いの！ とろけるの!! 聖域にあるなら今度探してくるの!!

さっそくぱくりとやったちびっ子組から、歓喜の声が上がった。ころころ転げ回る様を見るに、よほど美味しいんだろう。

鼻孔をくすぐるのは、甘酸っぱい香り。リンゴのような、洋梨のような……。こんな小さな粒なのに、嘘のように芳醇に香っている。

『本当に美味しいわ！ 女神と言うだけあるわね』

口々に聞こえる感想に、オレも我慢できなくて大事に口へ運んだ。光に透ける果実は、口腔でプツリと弾けたものの、意外にも果肉感がある。とろりと柔らかくとろけるマンゴーのような濃厚な甘みが溢れ出し、自然とほっぺが持ち上がった。

ルーの体にしがみついて足をバタバタさせると、どこか得意げにフンと鼻で笑われた。

「でも、どうして聖域の植物が生えてるの？」

「ここは生命の魔素が濃い。……今まで実は生らなかったがな」

――じゃあ、ユータのおかげなの！　ユータがいるから実が生るの！

そういえば、ラピスはオレを聖域みたいだって言うもんね。だけどここの魔素が濃いのは、きっと神獣が居座ってるせいもあるんじゃないだろうか。

「そっか！　じゃあオレとルーの魔力の結晶みたいなものだね！」

にっこり笑うと、ルーの耳がピピッと動いた。

「てめーは……それはこういう時に使う言葉じゃねー」

じっとりした金の瞳が、じろりとオレを眺める。

「え？　どうして？　いつ使うの？」

慌てて見上げたけれど、それ以上は説明してくれないようだ。アドバイスするなら最後まで言って欲しいものだ。仕方なく返答を諦め、ルーの上に乗り上げて伏せた。

ああ、これこれ。やっと望みのものに辿り着けて、オレはほう、と満足の吐息を漏らした。

柔らかな被毛を撫でさすりながら、さっそく瞳を閉じる。でも、そういえばルーはどうして座っていたんだろう。

（もしかして……あの実を？）

ふと浮かんだ考えに、ぎゅうっと大きな体を抱きしめた。

「ルー、ありがとうね！　きれいで、とっても美味しかったよ！」

違うかもしれないけど、そうだって思う方が嬉しいもの。

「なんで俺に礼を言う」

だって、あんなに美味しい実だもの、熟(う)れた状態で残ってるはずがない。

オレに見せようと、そう思ってくれたんでしょう？

「とっても、嬉しかったからだよ」

オレは満面の笑みで頷いて、再び顔を伏せた。この実は、オレたちとルーで食べよう。本当は他の人にも分けてあげたいけれど、だってルーの『特別』な気がして。

「女神様かあ……」

確か、広まっている神信教の神様は男神(おがみ)だったはず。女神様もいるのかな。

「女神など、いない」

何気なく呟いた言葉に、ルーが応(こた)えた。いないって、どうしてそんなこと……そう言いかけて、ルーが神獣だってことを思い出した。

「そ、っか。ルーは、神様を知っているの？」

「……別に、『俺』が知っているわけじゃねー」

近かった存在が、遠くへ行ってしまう気がする。世界の始まりを手伝った獣、その記憶を引き継いだ代替わり。ルーは本来、こんなに近しくあっていい存在じゃないんだろう。

オレはぎゅっとしなやかな体を抱きしめた。

「でも、オレだって！　……オレだって神様なら会ったことある！」

完全に伏せた頭を、ぽふ、と柔らかなものが叩いた。ちらりと顔を持ち上げると、大きな金の瞳がこちらを見ていた。何を怒っている、そう言いたげな呆れた視線だ。

「……ルーだけじゃないよ、オレだって会っているんだから。お髭（ひげ）が長いおじいさんで、とても優しいお顔だったよ。ルーの知っている神様とは違うの？」

「当然だ」

当然、なの？　同じ神様かもしれないってどうして思わなかったんだろう。

「ここには、どんな神様がいるの？　オレたちの国はね、八百万（やおよろず）の神様がいるって言うんだよ」

「なんだそれは」

「やおよろずってね、８００万って書くんだよ」

言った途端、ルーが体を起こしてこちらへ向き直り、オレはころりと転がり落ちた。

「はぁ⁉　多すぎる！　なんだそれは！　そうか、お前もその一柱だったのか」

ちょうどよく前足の上に落ち、真剣な顔で覗き込む瞳に笑った。

「そんなわけないよ！　オレは普通の人だよ。八百万っていうのは、たくさんって意味なの」

この世界の人口はどのくらいだろう。さすがに数百万ってことはないだろうけれど、人はこの世の生態系のトップじゃない。中間層にいる生き物のうちのひとつだ。ルーからすれば、数百万も神がいるなら人口の半分以上は神様って考えになるのかもしれない。

「そんな世界があるなら……」

呟いたルーの前足に、ぐっと力が入った。怒っているのだろうか？　じっと見つめたけれど、その先の言葉は続かなかった。

「この世界にたくさんの神はいない」

代わりのように紡がれた台詞は、オレが聞いても大丈夫なんだろうか。

「そうなの？　でも、ルーたちだって神様ってことになるんじゃないの？」

「ヒトが勝手にそう呼ぶだけだ。神なんかじゃねー」

そう？　ヒトが神様だと思って信仰するなら、神様なんじゃないの？　少なくとも日本の八百万の神様は、そうやってたくさんいるんだと思うけれど。

そもそも、この世界の神様ってどこで何してるんだろう。そんなことを考えて、クスッと笑った。なんだか神様だってオレたちみたいな存在だと思ってしまっている。

「じゃあ、この世界の神様はひとり……ええと、一柱なの？　それなら、きっとお祈りも届きやすいね！　どの神様に、なんて悩む必要もないし」

パッと起き上がり、草を払って髪を整える。そして、背中を伸ばして金の瞳を見上げた。

「……この世界で過ごさせてもらって、ありがとうございます！　それに、ルーと遊ばせてもらってありがとうございます！」

パンパンと柏手（かしわで）を打ってぺこりとやると、ルーがなんともいえない顔をしている。

「……なんで俺に言う。それに、遊んでねー！　てめーが勝手に来るだけだ！」

「だって、ラピスとオレみたいな関係だったら、ルーに言えば神様に届くかなって」

「届くわけねー！」

そうなの？　やっぱり神様っていうのは、世界を見守る遠い遠いところにある存在なんだろうか。人の姿を持っているかどうかも分からない。獣の姿かもしれないし、ただの光かもしれない。思ったよりも神様と神獣の差は大きそうだ。

なんとなく、ホッとする。

再び脱力して座り込むと、大きな体を抱え込むように体を預けた。ルーは、こうして触れるもの。神様とは違うよね。ふかっと被毛に小さな手を埋め、毛並みに逆らうように撫でてみた。

撫でたラインだけもさもさと盛り上がるのが楽しくて、次々もさもさを増やしていく。

「わあ⁉」

つい夢中になっていたら、もたれていたルーの体がなくなった。そのままぽてんとひっくり返ると、のしかかる影に目を瞬かせる。

「それはやめろ」

『それは』なんだね。オレは前足の内側に抱き込まれるように転がり込み、真下から顎を見上げた。ベッドが苔なのは少々不満だけど、ふわふわのたてがみがお布団のようで、これはこれで素敵だ。満足して傍らにある前足を抱え込むと、滑らかで硬いそれに頬を寄せて目を閉じた。

ついさっきいなくなったはずの眠気は、あっという間に駆け戻ってきてオレを攫っていく。

「……祈りは、届かねー」

ルーは、天を仰いで何か言ったようだった。


「……ん、んー。あったかい……」

むしろ、暑いくらい。ぐっすり眠って、自然と目が覚めた。

周囲は真っ黒、まだ外は明るいけど、ピカピカの真っ黒だ。眠るオレのすぐ隣に、凜々しい獣の顔がある。リラックスして眠る姿は、生命を感じて愛おしい。目覚めてみると、オレはルーに埋もれていた。まるで宝物を取られまいと抱え込むような姿勢だ。

（ふふ、犬だった頃のシロみたい）

この野性的な獣に抱く感想としては不適切かもしれないけれど、子犬を思い浮かべたせいか、なんとも愛らしく思えてしまう。

体は完全にルーの顎と前足に挟まれてしまって抜け出せないけれど、気をつけてくれたんだろうか、上体は起こせた。でもこれ以上動いたら起きちゃうんだろうな。緩んだ大きなお顔にそっと手を這わせると、ピピッと耳が動いた。

……ルーは随分、近くに来てくれるようになった。

最初の頃は、ルーの方から触れることなんてなかったのに。背中に乗せるにも魔法を使っていたのに。ひっくり返されたり、のしかかられたり、少々乱暴な触れ合いが多いけれど。

「オレは、ルーも守りたいなぁ」

きっと鼻で笑われることを言って、大きな顔に頬ずりした。

ピク、と反応したのを感じて、そっと体を離す。さすがに起きちゃったらしい。大きな金の瞳が瞬くと、次の瞬間、思いの外勢いよく顔を上げた。

オレが先に起きることが珍しいせいか、慌てた様子が可笑しい。そーっと何事もなかったように前足も離れていく。温かかったものが一気になくなって、体がスースーした。

「……まだ、いたのか」

いたのかじゃないよ、ルーが抱えていたんだよ。だけどそれを言ったら絶対ふて腐れる。

「いたよ！　一緒にお昼寝できて嬉しかった。ルー、あったかくて気持ちよかったよ」

落ち着きなく耳が左右に動き、しっぽが揺れる。そんなそわそわするようなことしてないよ、大丈夫だったよ。オレの方はしっかりとルーを堪能できて、大満足だ。そっぽを向くルーを力一杯抱きしめ、顔が埋まるほどに擦りつける。

「じゃあ、また来るね。いっぱいお話ししようね」

「うるせー」

来るなって言わなかったね。オレはルーの温もりをしっかりと体に移し、そっと離れて手を振った。ねえ、ルーだってあったかいなって思ってくれているといいな。だってきっと、オレの温もりだってルーに移っているでしょう？

「おかえり～」

部屋へ戻ると、ラキがいつものようにベッドに道具を広げて作業していた。

「ただいま！　何作ってるの？」

「ただの工作だよ、時間があったから～。ほら、シロ車に生活道具を取りつけようと思って～」

おお、シロ車の改造か！　格好いいものが出来上がるのかと眺めていたけれど、どうやら本当に生活道具のようだ。折りたたみ式のテーブル、荷物入れ、獲物をぶら下げる装置……。

「あ、これもしかして干し網!?」

「うん、アツベリーみたいに乾燥させるなら、こうして干しておけばいいかなって〜。あとこっちに洗濯物を干せる機能も――」

それは嬉しい！　割と忙しくしているから、乾物を作る余裕がなくて。ただ水気を抜くだけじゃない、じっくり熟成されたうま味はちゃんと時間を使って干してこそだろう。

『主ぃ、いやそれ、どうなの……？』

『乾物と洗濯物をなびかせながら走るシロ車……。まあ、その、合理的ではあるわよね』

にこにこの笑顔で走るシロ。そしてはたはたとなびく洗濯物、あまつさえ干し網がくるくる回り、傍らには開いたお魚や干し柿なんかが踊る。

「いいんじゃないっ？　一石二鳥どころじゃないよ!?」

ぐっと拳を握ったオレに、チュー助とモモがふう、とため息を吐いて首を振った。

「こういうのはユータの方が詳しいでしょ〜？　協力して作ろうよ〜！」

「うん！　合作だね！　……あ、そういえば」

2人の合作、で思い出した。

「魔力の結晶って、どういう時に使うの？　使い方が間違っているって言われたの」

「え？　どういうこと〜？」

制作に夢中なラキは、両手で飽き足らず口にも道具を咥えて半分上の空だ。

「うーんと、例えばこの道具を全部魔法で作ったとしたら、オレとラキの魔力の結晶だねって言えるでしょう？」

「ぶふっ！」

ラキが唐突に咥えた道具を吹き出し、すごい勢いでオレを見た。

「やっぱり間違ってるの？」

大げさにむせたラキをさすっていると、頭の痛そうな顔でオレの肩に手を置いた。

「……盛大に、間違ってるね〜。それね、結婚式とかで使う言葉〜！　2人の共同作業で誓いの魔道具に魔力を注いだり、その〜、大体は子どもができた夫婦に使う言葉だから〜!!」

「えーっ!!」

そ、そうだったのか！　それはまあ、ルーもあんな目になる。……だけど。

「その場で言ってくれたらいいじゃないかー！　オレ、2回も恥ずかしい思いしたんだけど！」

オレはラキのぬるい視線を感じつつ、布団に顔を突っ込んだのだった。

4章　軟派男のマインドコントロール

昨日はゆっくり過ごして旅の疲れを取り、明日から学校だ。テスト勉強も大丈夫だと思う。朝寝坊したらどうしよう、なんて不安がよぎるけれど、同室の先輩2人に頼めば、ちゃんと起こしていってくれるだろう。テンチョーさんとアレックスさんは昨日遅くに帰って早くに出たらしく、まだ会えていない。

と噂をすれば、軽やかに部屋のドアが開いた。

「お、いるじゃんチビちゃんたちー！　先輩が恋しかったろう〜」

アレックスさんは、部屋へ帰ってくるなりオレたちを認め、両手を広げて駆け寄ってきた。

「い、いたいいいたい！」

絶対にこれはおかえりの抱擁なんかじゃない、ヘッドロックだ。アレックスさんはタクトみたいに馬鹿力じゃないけれど、そんなに力任せに締めたら痛いに決まってる。一緒に抱え込まれるはずだったラキは、いつの間にか離れた場所にいた。

「んーーなんとなく乳臭いようなこのちびっ子の香り！　癒やされるわ〜」

しっ、失礼！　それ失礼だから！　全身でジタバタしていると、ぐいっとむしり取るように引きはがされた。同時にゴツンと鈍(にぶ)い音がする。

「危ないだろう、子どもと遊ぶ時はもっと加減するんだ」

「いってえー!! テンチョ、俺にも加減、加減ーーっ!!」

頭を押さえて涙目で転げ回るアレックスさんにイーッとやると、大きな体をぎゅっと抱きしめて見上げた。

「テンチョーさん、おかえり!」

「ああ、ただいま。ユータとラキもおかえり」

「「ただいま~!」」

少し目を細め、大きな手がオレとラキを撫でる。……お父さんだ。なんかもうお兄さんを通り越して、お父さんだ。日本だと中学生くらいのはずなのに、この落ち着きよう。見た目も中身もすっかり大人だ。

「王都まで行ってきたんだろう? 大したものだ。そうか、ユータとラキはもう3年生になるんだものな。特にユータが入学した時はどうなることかと思ったが、もう心配いらないな」

そんなことを言われると、本当にもう卒業なんだと思い知らされる気がする。2人がいなくなっちゃうんだって、ぐっと胸が詰まった。だけど、卒業は悲しいことじゃない、喜ばしいことだ。オレはきゅっと唇を結んで頷いた。

「ふふん、お前たちもちゃーんと年下の面倒を見てやるんだぞ！　テンチョーみたいに無愛想じゃダメだ、俺みたいに頼れる先輩にならなきゃな！」

「……頼れる先輩は、テンチョーさんだよ！」

オレはムッと唇を尖らせると、塞がってしまいそうな喉をこじ開けて反論した。

「何を！　俺の方がカッコイイし！　あんな頑固親父みたいなのは人気出ないんだぜ？」

「そ、そんなことないよ！　テンチョーさんカッコイイよ!!　硬派なのがいいんだよ！」

アレックスさんにもお世話になってるけど、ここはテンチョーさんを推さなければ！

「頑固親父……硬派……どっちにしろ私は硬い人間なんだな。いや、自覚はあるんだが」

ちょっぴり肩を落とした姿は、ますますくたびれたサラリーマンみたいに見える。

「頑固親父で生真面目なところがいいの！　それにテンチョーさんってすごく大人っぽいし！」

「そ、そうか……？」

『硬い人間ってとこを否定はしてあげないのね』

モモがベッドでぽんぽんと跳ねた。いいの、テンチョーさんはそれがいいんだから。

「軟派だってカッコイイんですぅー！　ほらラキ、お前も何か言ってやれ！」

「なっ、なんで僕に振ったの～!?　え、僕、軟派なの～!?」

違うよね!?　そんな視線に頷きかけてピタリと止まる。うん？　ラキってどっちかというと軟派かもしれない。少なくとも硬派でないことは確かだ。オレの曖昧な笑みに、ラキが愕然としている。大丈夫、アレックスさんほどじゃないから！　今は。

「ラキ、軟派は恥じることじゃないぞ、胸を張れ！　お前はいい素質を持ってる！　俺の目に狂いはないぞ！」

「そんな素質いらない～!!」

アレックスさんに太鼓判を押され、ラキは両手で×を作ってぶんぶんと首を振った。自覚なかったんだね……。オレはテンチョーさんと顔を見合わせてくすくす笑った。

「あ、そーだ！　ユータたち、今度一緒に依頼受けようぜ！　お前たちって、もう次のランク目指しちゃってんだよね？　俺ら2人しかいないし、まだランク上がったとこで足踏みしてるからさー、お前らならレベル的にちょうどいいんじゃないかってね！　ま、本来は先輩として格好つけたいトコだけど、冒険者でそんなコト言ってたら死ぬからさ！」

ラキを洗脳しようとしていたアレックスさんが、唐突に振り返って言った。アレックスさんたちはDランク、オレたちも次のランクアップ試験に合格したら並ぶことができる。それまでに依頼を経験させてもらえるならありがたい。

「一緒に依頼を受けられるの？　やった！」

ライグー討伐の時以来だね！　やっぱり知っている人と一緒に依頼を達成するのって楽しい

もの。タクトだって喜ぶに違いない。

「どんな依頼～？　僕たちでも大丈夫～？」

「さすがラキだな、偉いぞ。ユータもちゃんと確認してから返事をするんだ。まだはっきりと決めていないが、討伐系を考えている。明日以降、いい依頼があったら声をかけてもいいか？」

「「もちろん！」」

オレたちは飛び上がってハイタッチした。先輩2人の力になれるなんて、わくわくする。Dランクだもの、ゴブリンってことはないだろう。オレたちが頑張ってきたところをぜひ見てもらいたい。

「じゃ、まあ明日以降のお楽しみってな！　ほーらほら、チビちゃんたちはもうねんねの時間ですよ～！　帰ってきて早々に授業寝坊しちゃうぞ～？」

パンパン、と手を叩き、アレックスさんがラキをベッドへと追い立てた。オレの方はテンチョーさんがヒョイとベッドへ乗せてくれる。いつまで経っても幼児みたいな扱いに、くすぐったく笑った。

「旅の疲れは思ったよりあるものだ。ちゃんと寝るんだぞ、おやすみ」

「うん！　おやすみ。一緒の依頼、楽しみ！」

満面の笑みで返すと、テンチョーさんも目を細めて笑った。大人しく布団を被(かぶ)ると、オレの頭を撫で、振り返ってアレックスさんの頭をくしゃくしゃと撫でたのが見えた。

「あ、ユータたちが来た！　久しぶり〜！」

「王都に行ってたんだって⁉　どんなところだった⁉」

久々の教室に入った途端、わあっとみんなが群がった。気のせいだろうか、少し見ない間に大きくなってるような気がする。

「久しぶり！　王都も楽しかったよ。これ、お土産！」

みんなへお土産はどうしようかと思っていたんだけど、ラキがこれでいいんじゃないって。確かに、王都で大流行したんだから先取り感があっていいのかもしれない。普通持ち帰ることはできないレアものだしね。

「なんだこれ⁉　雲？　フロートマフ？」

「ふわっふわ〜！　食べられるの？」

そう、『シャラ様の雲』こと綿菓子。オレが作ったものだけど、一応、王都のお祭りでしか食べられないものでもある。

「これはね、『シャラ様の雲』っていうお菓子だよ。風のお祭りで食べるお菓子なんだ。王都のお城ではシャラ様っていう風の精霊様がね――」

甘いお菓子と共に、シャラの名前が心に刻まれますように。オレは、1人でずっと王都を守って消えゆく運命だった、優しく悲しい精霊様の話をした。そして、彼がどうやって力を取り戻したのかも。

「すごい！　お祭りで精霊様が元気になったんだ！　お祈りって本当に力になるんだ……」

「じゃあ、あたしも時々シャラ様に祈ってあげようっと！」

ねえシャラ、王都から遠く離れたって、きっと祈りは届くよね。1人でも多く彼を知ってもらいたい。そしたら、きっと消えちゃうことなんてなくなるはず。

「すごかったぜ、風の舞い。俺、すげーもん見ちまった」

タクトがにやっと笑ってオレを見た。

「うん、風の精霊のために、天使様が舞ったって言われてるんだよ～」

ラキまでそんなことを言って、ちらりとオレを見た。せっかく、舞いの部分はぼかして話したのに!!　案の定、瞳を輝かせたクラスメイトたちはぐいぐいと2人に詰め寄り、2人はせがまれるままに話して聞かせた。もちろん、オレが舞ったことは話していない。

だけど、きっとそのせいだ。それ以降、王都から遠く離れたハイカリクでも、すっかり噂が広まってしまった。王都の祭りで天使と精霊が舞ったと……。天使教の人数が多いこちらでは、天使はやはり実在（？）すると大いに盛り上がったそうな……。

＊＊＊＊＊

「さーて、ああ言ったものの、どうしよっか？」

アレックスは、へらりと笑ってテンチョーを見上げた。

「ライグーの時に十分実力は見ているからな。問題ないだろう」

「それはどういう意味で？　ま、実力は問題ないよねー。むしろ俺たちより上じゃん」

素直に後輩を評価できる、そんなアレックスを好ましく思いながら、テンチョーは頷いた。

「そうだな。心配ではあるが、私たちでは難しい依頼を受けてみるか」

「場所は、やっぱりあの辺り？」

珍しく逡巡（しゅんじゅん）する顔を見つめ、アレックスは返答を待った。その答えがどうであれ、賛成するに値するものだと知っている。

「俺、テンチョーの考えに賛成！」

なんであろうと、支持すると決めた。付き合う相手の多いアレックスの、たった1人のパーティメンバー。顔いっぱいの笑顔を見やって、テンチョーは胡乱（うろん）げな目をした。

「おい、私はまだ、何も答えを出していないが……」

「い―んだよ、俺はテンチョーに賛成するから！　大丈夫大丈夫！」

「馬鹿、何ひとつ大丈夫な要素がないぞ」

テンチョーはアレックスの額を小突いて、やれやれと苦笑した。肩に入っていた力が抜け、眉間の皺が緩んだのを感じて、さらに苦笑する。

「大丈夫」

ぴたりと合わせられた視線は、迷うことなくテンチョーを支えていた。

「……お前には敵わない」

テンチョーは片手で顔を隠し、ため息を吐いた。どんなに隠しても、きっとこの聡いパートナーにはバレているのだろうと思いながら。

＊＊＊＊＊

「お―い、朝ですよ～！」

賑やかな声にゆさゆさと揺さぶられ、ごくうっすらと意識が浮上した。

「ユータちゃんや、起きる？　それともアレックスさんに抱っこして欲しい？」

うにうにとほっぺを揉まれる感触に、ぐっと眉根を寄せて振り払おうとする。

「ほーう、抱っこをご所望かな～？」

力の入らないオレの手を気にも留めず、筋張った手はしつこくほっぺから離れない。仕方なく、盛大に不機嫌な顔で少し目を開ける。間近く覗き込むのは、案の定アレックスさんだ。

あれ？　そういえば、どうしてアレックスさんに起こされてるんだっけ。ぼんやりとした思考が急激に焦点を合わせ、バッと起き上がった。

「おおおはよう!!　うん、起きてる。起きてるよ!!」

あれから数日後、２人からの連絡を今か今かと待っていたオレたちに、やっとお声がかかったんだ。今日はテンチョーさんたちと討伐依頼を受ける日！　オレたちが普段依頼を受けるより、ずっと早くに起きなきゃいけない。

「おはよ！　起きてはいなかったな！　優しい先輩に感謝するように」

「まったく、ユータはまだ朝が苦手なのか。困ったものだが、まだ小さいからなあ」

テンチョーさんはすっかり用意を済ませているし、ラキだって寝ぼけ眼で着替えていた。やっぱりオレが最後になるんだなと、少しばかりしょげながら着替え始める。

「おはよー!!　ユータ起きろ！」

「タクト、扉は静かに開けるんだ」

ばーんと開いた扉からはいつも通りタクトが飛び込み、テンチョーに怒られている。

「起きてるよ！」

「起こしてもらったんだろ」

鼻で笑われ、むくれて蘇芳を投げた。蘇芳はタクトがキャッチしようとした手前でピタリと止まり、伸ばされた手が空ぶる。

「うぶっ？　ひてて！」

見事顔面に貼りついた蘇芳が、遠慮なくタクトの両頬を引っ張った。よし！

「へぶっ」

「よし、じゃないよ～。早く用意する～！」

にやりとしたところで、隣のベッドから飛来した枕に被弾（ひだん）してしまった。まあ、相手がラキなら枕でよかった。砲撃魔法は割と痛いからね……。

「――はいっ！　準備完了だよ！」

大急ぎで着替え、とんぼを切ってベッドから飛び降りた。

「もういいのか？　持ち物は？」

「ユータは収納袋に全部入れてるから、起きるの遅いけど用意は早いんだぜ！」

タクト、余計な一言は言わなくてもいいんじゃないかな。収納袋があればこそ、オレはゆっくり寝ても大丈夫。なんならパジャマで担（かつ）いでいかれたって、着替えも入ってるし。

「よーし、じゃあ出発するか！　２０７号室メンバー＋α、行くぜ！」

「「「おーー!!」」」

　オレたちは、はち切れんばかりのわくわくと共に駆け出したのだった。


「す、すげー!!　これ、乗れんの？　シロってそんな力強ぇーの!?」

「移動手段があるとは……これもランクアップの秘訣(ひけつ)だろうか」

　２人がシロ車を見て仰天している。すごいでしょう、シロは力持ちなんだよ！

『いいでしょう、これぼくの車だよ！　いっぱい見て！　格好いいでしょう。お屋根もあるし、テーブルだって出せるんだよ。食べ物だってぶら下げられるようになったんだ！』

　シロは得意満面、ふさふさの胸を反らせてきらきらしている。

「……なあユータ、あれなんだ？」

　タクトが心持ち低い声で、シロ車のとある一点を指さした。シロ車の新たな装備は、いい具合に風を通して揺れている。

「干し網だよ！　この間作ったの。旅の途中で乾物が作れるって素敵でしょう！」

　にっこり会心の笑みを向けると、タクトががっくりと肩を落とした。

「そんなわけねえぇ!!　ばーちゃん家の軒先(のきさき)かよ！」

干し柿なんかも吊るすつもりだったから、なるほど、軒先とはいい例えだ。実用的で素晴らしい設備だと思う。だって収納に入れていたら熟成もしないし、干すこともできないもの。……生で長期保存できるけど。

「すごいな、これだけの人数を乗せて走れるのか……大した犬だ。御者もいらずに走るとは、召喚獣ならではだな」

走り出してしばらく、テンチョーさんから零れた台詞に、シロはますます有頂天でしっぽが忙しい。ダッシュしたいのを懸命に堪えているのが分かる。目的地に着いたら、存分にお散歩に行けるからね。

「俺、こっちの方来るの初めてだ！　強めの魔物がいるもんな、さすがDランクだぜ！」

「そうだな、私たちも普段から行く場所じゃない。油断してくれるなよ」

Dランクになればそこそこの冒険者だ。依頼の難易度もピンキリとなり、行動範囲は格段に広がる。オレたちが向かっているのは、山あいを流れる大きな川。その下流の方にある村で、魔物に襲われる被害が増えているらしい。

「こういう討伐って初めてだね～！　困ってる人を助けるって感じ～！」

「だよな！　勇者っぽくていいよな!!」

力一杯頷く2人に、ちょっと首を傾げた。

「そう？　あのライグーの時だってそうでしょ？」

害獣退治とか、割とやってる気がするけれど。

「お前な！　全然違うだろ‼　人助けだぜ⁉」

「だから、人助けでしょう？」

農家にとって害獣の被害は死活問題なんだよ⁉　畑が全滅したら、それこそ村中が飢えて死ぬことだってあり得るんだから。単純に人を襲う魔物よりよっぽどタチが悪い。

「ユータって、なんか冒険者っぽくないんじゃね？　なーんか枯れたとこあるよな」

「そう言ってやるな。浮ついてなくていいと私は思うぞ」

こそこそ話す先輩2人、しっかり聞こえてますよ？　なんとなく納得いかない気分を逸らせようと、ちょっぴり頬を膨らませて魔物の図鑑を取り出した。

「えっと、多分アリゲールかバラナスって言ってたよね」

どっちも半水生で肉食の魔物だ。ワニっぽいかトカゲっぽいかの差があるくらい。山あいにはたくさんいるらしいけれど、普段は下流の村まで下りてくることはないそうだ。単体Eランクの魔物だけれど、生息地の危険度や調査が必要な状況から、Dランクの依頼になったみたい。

「割と強そうだよな！」

図鑑を覗き込んだタクトが、にっと笑った。そこは嬉しそうに言うところじゃないと思う。

「Eランクってことになってるけど、水の中にいたら難易度跳ね上がるから要注意ってね。絶対に川の側に寄らないように！」

「でも、寄らなきゃ倒せないんじゃないの～？」

首を傾げるラキに、アレックスさんが人差し指を振った。

「甘いね～、Dランクからは頭も使わなきゃいけねーの。D以上の討伐依頼には、結構な割合で調査も含まれてるんだぜ！　討伐は、最後の最後！」

「お前たちはそういう討伐依頼は初めてだろう？　闇雲（やみくも）に討伐するだけじゃない依頼も、経験しておくといい」

そっか、テンチョーさんたちは先輩として、オレたちに依頼のノウハウを教えてくれようとしているのか。……最後だから、なんて言葉が浮かんで、慌てて前を向いた。

「え、じゃあ討伐しねえかもしれねえの!?」

「ま、場合によっちゃあね！　それが賢明な時もあるってこと」

「ええーー!!」

周囲にタクトの悲痛な声がこだました。これは……タクトにはすごく大事な経験かもしれない。オレはラキと顔を見合わせてくすりと笑った。

「もう着いちゃったじゃん！　シロすげーよ！」

感動しきりのアレックスさんが、わしゃわしゃとシロを撫で回している。

『えへへ、すごい？　ありがとう！』

喜んだシロがアレックスさんを舐め回すのを横目に、うーんと伸びをする。夕方に到着できれば、と思っていたけれど、予定より早く到着することができた。今回の依頼は村から出ているので、まずは依頼者の村長さんへお話を聞きに行かなきゃいけない。

「ふむ、まだ時間がある。村へ挨拶へ行く前に、現場を見ておくか」

「賛成！　もうとっとと討伐しちゃえばいいんじゃねえ？」

シロ車だと道中ほとんど魔物が出てこないので、タクトは案の定不満げだ。

「本格的な討伐は話を聞いてから、な？　村には色々事情があったりするんだぜ？　全部倒してから文句なんて言われちゃ、たまんないでしょ？」

「なんで⁉　倒したのに文句言われたりすんの⁉」

「それよー。実は魔物が村の収入源とか貴重なお肉だったりとかさ！　問題は解決して欲しいけど、魔物がいなくなっても困る、みたいなことが実際あんのよ！」

な、なるほど……ある意味共存しているんだね。それはかなり微妙なバランスで成り立っているだろうから、そこに介入するのは難しそうだ。

下見に問題の川へ向かう道すがらも、２人はオレたちに色々と教えてくれる。それはまるで、残る時間を惜しむように。

「――だからさ、冒険者のランクっていうのは、単に強さじゃねーの」

Ｄランクからは、品性があってまともに話が通じるかどうか、なんてのも必要になってくるらしい。Ｄランク以降の依頼が多岐に亘ってピンキリな理由も、ここが関わってくるそうだ。

「信頼度ってヤツ？　Ｄランクでやっと基準に達するかどうか、ってとこ！」

貴族やお金持ちの人は、きちんと信頼を置ける冒険者にと、簡単な依頼でも高ランクを指定したりするそうだ。確かに、下のランクは割と荒くれみたいな人たちも多いから、依頼をすっぽかしたり、とんでもない失敗をすることもありそう。もちろん、そんな場合は本人へペナルティがかかってくるのだけども。

「じゃあさ、すっげー強くても、態度悪いとランクアップできねえの？」

「でも、ランクは高いけど問題行動の多い人もいたような～？」

２人の台詞に、テンチョーさんが苦笑いした。

「そうだな。そこは難しいところだ。あまりに実力があると、ランクを上げざるを得ないこともある。ただし、ギルドの方でトラブルを避けるよう根回しをするようだが」

え、えっと、カロルス様はそんなことないよね？　品行方正とは言い難いかもしれないけど……執事さんやマリーさんがいるし！

『むしろトラブルを起こすのはその2人のような気も……』

呟いたモモに頷きかけて、慌てて首を振った。そ、そんなことは……

『トラブル起こしても、ごりっと揉み消しそうだよな！』

訳知り顔でチュー助がうんうんと頷いた。オレの脳裏(のうり)をよぎったのは、にっこりと壮絶な笑顔で脅しをかけるマリーさん。そして、氷点下の笑顔で完全犯罪をやってのける執事さん。

オレは浮かんだ映像をそっと奥へ押しやった。……そっか、ギルドって割と大変なんだなぁ。

『あなたもきっとギルドを悩ます人になるわよ』

「ユータは態度がよくても、ギルドの悩みの種になりそうだよね～！」

モモとラキは、同じようなことを言って笑うのだった。

「思ったより広い川なんだな！」

「ホントだね～。小川みたいな場所かと思ってたよ～」

村から歩いてほどなく着いたのは、割と幅の広い川だ。向こう岸に渡るには、シロでも2回の跳躍(ちょうやく)が必要かな。堤防代わりなのか、道は河原より2メートルほど高くなっていた。

「アリゲールかバラナスがいるんだから、川だってこのくらいないと住めないっての！　さて、いるかな〜？」

アレックスさんはそう言うなり、ひょいと河原へ飛び降りた。

「馬鹿っ!!　アイスアロー!!」

途端、大きな石が跳ね起きた。砂利を蹴散らしてアレックスさんへ向かった瞬間、テンチョーさんの魔法が貫き、流れるようにアレックスさんが首を落とす。

「んーバラナス？　やっぱ増えてるっぽい」

無事をアピールするようにひらひらと手を振り、アレックスさんが獲物をぶら下げて戻ってきた。それは、灰色のゴツゴツしたトカゲのような生き物。しっぽを除けば1メートルくらいだろうか。

「いきなり飛び降りるヤツがあるか！　無茶をするな!!」

一方のテンチョーさんは怒り心頭だ。

「えー、だって俺斥候だし？　一応安全マージン取って行ったつもりなんだけど」

「斥候の役割を担って欲しい時は言うと、いつもそう言っているだろう！　あえて身を危険に晒す必要はない！」

今にもげんこつが落ちそうだけど、アレックスさんはどこか嬉しげだ。オレも肝が冷えたけれど、彼には十分対処できる範囲だったみたい。2人の連携も見事だし、さすがはDランクだ。

「倒すの早いね～」

「おう、ニースの兄ちゃんたちより強そうだぜ！」

う、うーん。そこは長年DランクのニースたちとDランクの、新進気鋭の若手の違いだろうか。きっとテンチョーさんたちにとって、Dランクはただの通過点だ。

――このトカゲをいっぱい獲るの？　美味しいの？

「いっぱい獲るかどうかは、これから相談するんだよ！」

ラピスの台詞に、図鑑に書いてあったことを思い出す。素材がお肉と皮だから、きっと食べられるのだろう。でも、美味しいのかな？　目の前のバラナスは、どう見てもトカゲ。いろんな魔物を食べているから今さらトカゲに驚きはしないけど、一見して美味しそうとは思えない。だけど、美味しいならたくさん確保できそう。だって――

「なあ、さっきの石みたいのがバラナスなら、割といっぱいいるよな？」

「普段がどうか知らないけど～、これで村人が安全に川を利用できるとは思えないよね～」

そう、河原にはさっきみたいな、大きな灰色の石がちらほらと見える。バラナスはああして、半身を砂利に埋めるようにして獲物を待っているらしい。

「なあ、これなら狩ってもいいよな！　ラキ、行くぜ！　ユータはどっちでもいいぜ！」

「オッケ～！」

「どういう意味！」

身軽に飛び降りたタクトへ、さっき同様ぐわっと石が持ち上がり、大きな口を開けたバラナスが突進してくる。上から見る分には小さいと思ったけれど、こうして見るとなかなかの迫力！

左右に張り出した太い四肢（しし）が、猛烈な勢いで砂利を散らしてやってくる。

相対するタクトが前へ出ると同時に、バラナスがよろりと足をもたつかせた。

「ラキ、ナイス！」

下から振り抜いた剣は、見事バラナスの首を狩った。ラキの砲撃魔法とタクトの剣、２人の息はますます合ってきたように思う。

「それに比べて、オレは連携できないんだけど……」

少し離れた位置にいたバラナスが寄ってきたのを見て取り、オレも不服ながら短剣を抜いた。

『ゆうたは私たちと連携すればいいのよ』

駆け寄ってきたバラナスが、ガツンとモモのシールドにぶつかった。

『じゃあ、ぼくも！』

今だ、と前へ突っ込もうとしたオレの上から、大きな白い影が舞い降りた。なんの気負いもなしにトカゲの首を咥え、ブン、と一振り。バラナスの太い四肢は、だらりと垂れ下がった。

「…………」

『召喚士、だから』

短剣を抜いたまま静止するオレを、よしよし、と蘇芳が撫でてくれたのだった。


「ごめんなさいぃ……」

タクトが萎(しお)れている。オレたちは案の定、テンチョーさんのげんこつをもらってしまった。魔物を倒すこと自体は問題なかったけれど、勝手にやるなって言われたそばからやっちゃあ、当然怒られるよね。

「反省したからさ……だからもうちょっと早く行こうぜ……」

「懲(こ)りていないようだな。3問解けるまでストップだ。1問目、鳥の羽4枚にイチライの実はどこの紋章(もんしょう)だ？」

げんこつなんて大した影響のないタクトには、特別にテンチョーさんから熱血授業が入っている。村までの道のりをゆっくりと、割と難しいテンチョーさんの質問に答えながら歩く苦行(くぎょう)。タクトは既に口から魂を吐きそうだ。

「オレたち、げんこつで済んでよかったかも。痛かったけど」

「ホントだね～。それに、タクトに効果抜群なお仕置きが見つかったしね～」

笑うラキが怖い。タクト、今後はラキの手を煩わせるようなことをしちゃダメだよ……。

「や、やっと着いたぁ〜〜！　近かったのに……こんなに遠いなんて！」

村の門に到着した頃には、既に日が沈みかけていた。べしゃりとへたり込むタクトを尻目に、オレたちは村の門をくぐる。まずは、依頼を出した村長さんとお話だ。

村人の案内で村長さん宅へお邪魔すると、出てきたのはまだ50やそこらに見える若い村長さんだ。玄関先に置いたバラナスを見て、嬉しげに手をすり合わせている。

「おお、さっそく狩ってくれたのか。そんな小さい子を連れてどうかと思ったが、腕はいいようだね。それを使わせてもらってもよければ、今夜バラナスラベを振る舞うが、どうかね？」

バラナスラベ？　どんなお料理だろう？　もちろん歓迎なので、テンチョーさんの承諾を得て、奥さんらしき人とメイドさんがバラナスへ歩み寄った。

「では、こちらで調理致しますので……」

微かな躊躇いを感じて、オレはタクトを引っ張る。

「テンチョーさん、オレたちお料理手伝ってくるね！」

「ああ、構わないぞ。ラキは残るか？」

オレたちと一緒に一歩踏み出したラキが、少し考えて頷いた。

「そうだね〜、僕は話を聞いておくよ〜」

「ラキ。ありがとう」

見上げたオレに微笑むと、ラキはぽんと、ひとつ頭を撫でて離れていった。

「重いぜ！　俺が運ぶから、持っていく場所を教えてくれよ」

案の定、玄関先では奥さんたちが四苦八苦していた。なんとかバラナスを台車に載せようとするものの、バラナスは大きさの割にずっしりと重い。ぐにゃりとした肢体はなおのこと重く、『普通の』メイドさんには手に余るシロモノだ。

『メイドサンだったら、簡単に抱えていけるんじゃないの？　この人はまだ子どものメイドサンなのかな？』

『シロ……メイドさんっていうのは、普通の人間なのよ……一般的には』

モモが脱力して平たくなった。オレの中で、シロが不思議そうに首を傾げているのを感じる。

『メイドサンなのに、普通の人？』

違う、違うんだシロ……。繋がりを通してシロが何を不思議がっているのか伝わってくる。メイドサンじゃなくてメイドさん。人種じゃなくて職業なんだ。ロクサレンにいるのだけ別人種みたいなもので。

『そうなの？　じゃあタクトも、メイドサンの血が混じってるわけじゃないんだねぇ』

無邪気なシロの台詞に、つい、目の前で３匹のバラナスを担いで歩くタクトを見た。想像力豊かなオレの脳内では、見る間にメイド服を着たタクトに変換され、盛大に吹き出してしまう。

「……ユータ？　お前、なんか余計なこと考えてるだろ！」

胡乱げな瞳で振り返ったタクトから、必死に視線を逸らす。せめてノーマルなメイド服にすればよかった。フリフリのメイド服は、さすがに攻撃力が高い。

『メイド服を着るならゆうたじゃなきゃ！　そうね、今度ロクサレンでメイド服の相談を――』

モモがぽんぽん弾んで恐ろしいことを言い出し、オレは話を逸らそうと慌てて奥さんたちに声をかけた。

「ね、ねえ！　バラナスラベってどんなお料理なの？」

「えっ？　ああ、バラナスとお野菜を煮込んだものなのよ。あなたはお野菜も好き嫌いなく食べられる？　……それにしても、冒険者ってすごいのね」

呆気に取られてタクトを見ていた２人は、我に返ってオレを撫でた。

「うん、タクトは力持ちなんだよ！　オレ、お料理好きだから、一緒に作ってもいい？」

にっこり見上げたオレに、２人は目を丸くして頷いてくれた。

「力持ちくん、ここに置いてくれる？　普段は１匹だし、狩ってきた人たちがここへ置いてくれるのよ。やっぱり重いのねえ」

解体スペースだろうか、庭の井戸近くには簀子みたいな台が設置されていた。年季の入った大きな刃物を手にしているのを見るに、解体はメイドさんがするらしい。

「タクト、一緒に見よう！　次狩った時、解体できないと困るよ」

「おう！　戦闘にも役に立つしな！」

戦闘に役立つこと、となると、案外タクトは真面目だ。解剖学の知識なんてないから、こうして解体の時にどこを切れば効果的か考えるらしい。

「結構力がいるのだけど、力持ちくんがいるなら大丈夫ね！」

「俺はタクト、こっちはユータ！　料理はユータが得意だけど、力仕事なら俺じゃねえと！」

にっと笑うタクトに、ちょっぴり頬を膨らませる。この奥さんやメイドさんができるんだよ？オレにだってそのくらいできる！


「……できるかなぁ」

バリ、バリ。額に汗しながら、メイドさんが少しずつバラナスの皮を切開し、身を開いていく。奥さんは巧みにバラナスを押さえたり開いたり、解体の補助を行っていた。

動くと皺の寄る表皮だったから、そんなに硬いと思っていなかったのだけど、バリガリ鳴る音を聞くに、随分と硬そうだ。なるほど、分厚い刃物があんなにボロになるわけだ。あの力の入れ具合を見るに、オレにできるのか少々自信がなくなってくる。

奥さんとメイドさんは時折交代しながら、30分ほどかけて解体を終えた。疲労感漂う2人に、残り2体を任せるのは忍びない。

「オレたち練習したいから、解体してもいい？　失敗しないように見ていてくれたら嬉しいな」

「本当？　多少失敗したって大丈夫よ、ぶつ切りにしてラベにするんだから」

ホッとした顔の２人には、座って休んでいてもらおう。血やら脂やらでホラーな演出になっているので、サッと洗浄魔法をかけておく。

「まあ!?　すごい、魔法使いなのね！　そんなに小さくて、どう戦うのかと思っていたの」

……こんなに小さいけど、ちゃんと剣でも戦うんだよ……。いつまでもオレが小さい認識されるのは、周囲にいる人が大きくなっているからだろうか。

「なあ、これって剣でやったら早くねえ？」

「あ、確かに」

残る2体のバラナスを前に、ぽんと手を打った。少なくともさっきのボロ刃物よりは、手入れされた剣の方が切れるに違いない。実際首を落としているんだから。

「いくぜ！　よっ……！」

ものは試しと、あろうことか片手でバラナスを投げ上げて、タクトが空中で一閃した。

「あーっ！　タクト切りすぎ!!　地面でやってよ！」

「だって、地面だと振りにくいじゃねえか」

皮一枚を切って開くはずが、身まで半分切れている。じりじりと切開していた先ほどを思えば、一瞬で済んだけれど。

『俺様！　主、俺様なら！　こんなトカゲの柔肌ごとき、バターみたいに切れちゃうぜ！』

『おやぶ、しゅごい！　きれたう！　かっこいいねー！』

チュー助がここぞとばかりに主張して、アゲハが大喜びだ。まあ、切れ味に不満はないからチュー助を使わせてもらおう。

「この辺りから、すーっとしっぽの付け根までだよね」

タクトがガツガツと乱雑に解体する横で、オレは丁寧を心がけて開いていく。

『おやぶ、しゅごいね！　まっしゅぐね！』

『そうだろうそうだろう！　俺様は今集中している。騒がず大人しくしているんだぞ』

集中しているのはオレですけど！　だけど得意満面なチュー助に構う暇もなく、丁寧かつ迅速に解体を進める。

時折確認しながらの慣れない作業は、それこそバターみたいに切れちゃうチュー助のおかげで20分ほど。ざっくざっく切り分けたタクトはものの10分だ。だけど骨にもたくさん身が残って、もったいないことになっている。

「なんてこと……私も剣を習おうかしら。ううん、剣を買えばいいのかしら」

「奥様、今度街の武器屋で買って参りましょう！」

2人が瞳を輝かせて意気込んでいるけど、チュー助は特別だからね。タクトの剣はタクトの力と技があってこその面もあるし。奥さんが剣を習うならいいかもしれないけれど。

「それじゃあキッチンへ運びましょう。手伝ってくれるかしら？」

村長さん宅では、お料理も奥さんが担当しているようだ。料理長のいるカロルス様のところは、やっぱり貴族なんだなと改めて思う。

キッチンへ運び込むと、奥さんが満面の笑みでオレたちを撫でた。

「ありがとう、本当に助かったわ！　あとは大丈夫よ」

「ううん！　オレお料理を手伝いたい！　レシピを知りたいんだ」

「ユータはいつも美味い飯作ってくれるんだぜ！　絶対役に立つって！」

戸惑う2人に、タクトが太鼓判を押してくれる。そしてぽんぽんとオレの肩を叩き、力強く拳を握って熱く続けた。

「他のことやると割とぽんこつだけど、料理だけは間違いねえから!!」

言うまでもなく、オレの笑顔は引きつったのだった。

5章　バラナスラベと調査

「お料理経験はあるのね？　刃物も大丈夫そうだったし、じゃあ、一緒に作りましょうか」

刃物って……剣を振るんだから、大丈夫に決まっているでしょう。どうもまだ冒険者だと認めてもらえていない気がする。

「バラナスラベは家庭によっていろんな味があるのだけど、ウチの材料はこんな感じなの」

バラナス、貝、お野菜、香草……わあ、本当に色々入れるんだね。

「この貝も川で獲れるの？」

「そうなの。だけど最近、川に行くのが命がけになっちゃって。元々は上流に行かないとバラナスは出てこなかったのよ」

お話をしながら、テキパキと調理を進める。お野菜はごろっと感を残し、香草は細かく刻む。

こういう作業になるとやることのないタクトは、がしゃがしゃと貝を洗っている。

「まあ、本当にお料理をするのね。手際がいいし、切るのも上手ね」

「そ、そう？」

最近そんなところを褒められることがないので、ちょっとはにかんで笑った。

３人＋αもいれば、作業はあっという間だ。さほど凝った手順があるわけでもなく、あとは煮込むだけだ。ところで、何で煮込むんだろう。出汁や味付けに使用しそうなものがない。

「なあユータ、これ何？　これも食えるの？」

タクトが指したのは半透明の結晶。大小ごろごろと無造作に置かれている。

「うふっ、そっちの小さいのを舐めてごらん」

イタズラっぽく笑った奥さんに、ピンと来た。一方、食えるものと判断したタクトは、舐めろと言われたのに、ひょいと口へ入れてしまう。そのまま ころりと口の中で転がして――。

「……んっ？　しょっぱ!?　甘いと思ったのに！」

慌てて手のひらに吐き出した。やっぱりそうだ、岩塩だったみたい。サイズ的にオレの作る飴と似ているもんね。奥さんたちがしてやったりとコロコロ笑っている。

「うふふ、ごめんなさいね。だけど割と美味しいでしょ？　お酒のあてに舐める人もいるのよ。山で採れるから、ここらのお塩はこれを使ってるの」

「あ、もしかしてお鍋の味付けも？」

「ええ、そうよ」

ほほう、アクアパッツァみたいなものかな。魚じゃないけど。淡水の生き物だけで、素っ気なくなりそうなところを補う岩塩なのかもしれない。

お鍋で直接バラナスに焼き色をつけてから貝や野菜を放り込み、香草は最後に。あとは水を注いで岩塩を入れるだけ。お水が割とたくさんで驚いた。煮込みと言うよりスープ煮？

「ふーん。俺でもできそうだ」

「家庭のお料理は、大体誰でもできるものだと思うよ。今度タクトが作ってみてよ」

「やだね、もったいねえ。美味いもん食いてえから、ユータの料理がいい。手伝うからさ！」

それは手放しに褒めてもらっているんだろうか。

『そりゃあ、料理だけは間違いない、ものねえ』

『その通り！　主って、料理にはぽんこつが発揮されないもんな！』

それだと褒めてないよね!!　遠回りしないで普通に褒めよう!?

さて、バラナスラベの方は、あとはコトコト煮込むだけ。奥さんたちに逆にお礼を言われつつ厨房をあとにすると、ちょうどテンチョーさんたちも応接室から出てきた。

「お料理終わったの～？」

「料理は一瞬だったぜ！　そっちはどんな話だったんだ？」

お料理よりもバラナスを捌くのに時間がかかったもんね。

オレたちは一旦村長さん宅をあとにし、今夜の宿……もとい空き家に向かった。村の依頼だと宿なんてない場合が多くて、こうして空き家だったり誰かのお家に邪魔するのが定番らしい。

「わあ！　オレたちのお家ー！」

オレたちはきゃあきゃあと走り回って隅々まで探検……もとい設備の確認に勤しんだ。それなりに手入れされた空き家は、宿よりずっと広くて、ほとんど家具もなく広々としている。

「おいこら！　なんで急に子どもになるの⁉　お兄さん恥ずかしいよ！　待ちなさいって！」

アレックスさんが追いかけてくるので、今度は鬼ごっこになった。

「こら、走り回るんじゃない。ここは一時的に借りているんだからな」

離れた一軒家だから騒いでもいいと思ったけど、ばっちり怒られてしまった。

「アレックスまで一緒になるんじゃない！」

「はーい。パパ」

「「はーい、パパ！」」

アレックスさんに倣って返事したオレたちに、テンチョーさんがげっそりと額を押さえた。

「手のかかる息子が４人も……」

きゃっきゃと笑うオレたちを眺め、将来は娘がいい、なんて呟くのだった。

一通りお家の探検を終え、布団が用意されていたことに感動などしていると、夕食ができたとメイドさんが呼びに来てくれた。

「美味そう！」

「これがバラナスラベなんだ〜」

やっぱりアクアパッツァに似てる。お魚じゃないので違和感があるけれど、澄んだスープに色とりどりのお野菜や貝がごろごろする雰囲気はそっくりだ。失礼があってはいけないと、テンチョーさんたちが食べ始めたのを確認して、オレたちもスプーンを運んだ。

「わあ、お塩だけでこんな味に？　すごい！　美味しい〜！」

バラナス以外の食材は知っているもの、ここまで深い味わいになるのは岩塩の影響も大きいに違いない。そう感動するオレの皿に、ふと気がつけば貝が増えている。

「……ラキ。お行儀悪いよ」

ラキはそ知らぬふりして、ホスト側の目を盗んではオレとタクトの皿に貝を滑り込ませている。好き嫌いせずに食べてみればいいのに。川の貝だけど泥臭くないし、美味しいよ。

「お、バラナスって魚みたいだな！　肉っぽくねえ。あんな顔してんのにな」

顔は関係ないんじゃない？　大きなバラナスをスプーンでつつくと、ぽろりと繊維に沿って身が離れた。へえ、本当に白身魚みたいだ。白っぽい身はなるほど、魚や鶏に似ている。煮込んだ割に崩れないところを見るに、割と硬いんだろうか。

頬ばってみると、確かにお肉とは違う食感だ。だけど、硬くはない。硬くもないしホロホロもせずに、しっかり噛める。そうだ、これってフグみたい。それもお刺身の時のこりこりした感じ。もしくは食感だけならホルモンにも似ているかも。しっかりと噛めるおかげで、じわじわと独特のうま味が広がる。スッキリしたスープが、バラナスを一緒に含んだ時だけ濃度を増すようだ。主食として置かれた、ハーブチーズを塗ったパンとも相性がいい。

「——では、基本獲ったバラナスは半々で買い取り。もし余剰が出ればこちらで引き取ってギルドでの買い取りということですね」

「そうだな、それでいい。だが村全体に配るから、まず余剰にはならんと思うぞ」

　夢中で食べるオレたちの横で、テンチョーさんが真剣な顔で村長さんとやり取りしていた。

一方のアレックスさんは奥さんとお話ししている。

「美味いですね、奥様は料理がお上手です。その華奢な腕で解体までされるとか」

アレックスさんがよそ行きの顔だ。紳士的に微笑む顔が胡散臭い。だけど依頼によっては、こんな風におもてなしを受けることもあるんだな。オレたちも、こんな風にできるだろうか。脇目も振らずに貪るタクトと、また小さな貝を見つけてオレの皿に紛れ込ませるラキを見て、ため息を吐いた。オレがしっかりするしかない！

　——でも、ユータはお料理が出たらそっちに集中するから無理なの。

『確かに！　主はホストなんてそっちのけで料理に興味が行くもんな！』

オレは、そんなことない、とは言えずに、バラナスを頬ばるのだった。

翌朝起きると、既にスープとパンの朝食が用意されていた。朝からメイドさんが持ってきてくれたらしい。

こうしてみんなで食卓を囲んでいると、なんだか本当にかぞ……パーティって感じだ。

「――じゃあ、川じゃなくて山の方から上流に行くの？」

「そうだな。それが安全だという話だからな」

オレは話しつつ、シュルシュルと3つめのペアンを剥いた。見た目は橙色のリンゴみたいな果物だけど、メロンっぽい味がするんだよ。

「器用だなー」

アレックスさんが感心したように呟いて、手元を見つめている。そう？　リンゴの皮剝きと同じだよ。手頃な大きさにカットして大皿に盛ると、今か今かと待っていた手がわっと伸びてきた。大皿での熾烈な争いを横目に、ことりとテンチョーさんの前にも小皿を置く。

「え？　ああ、ありがとう」

テンチョーさんは取り合いに参加しないから、1人分だけ別皿で用意しておくんだ。

「熟年夫婦か!!　そこ！　テンチョーも照れない!!」

「て、照れてはいない！　ただ、そう、切った果物を食うのは久々だと思っただけで！」

熟年夫婦はテンチョーさんとアレックスさんの方でしょう。やり合う2人にぬるい視線を送りつつ、オレもペアンを頬ばった。

落ち着くなあ。『家』ってやっぱりいいな。冒険者パーティで、こんな風にシェアハウスを持つこともあるらしい。旅が多い冒険者にはあまり向かないけれど、例えば転移で帰ってくるなら家を持ってもいいんじゃないかな。みんなオレの転移を嫌がるから、転移の魔法陣を設置したらどうだろう。いつか秘密基地を卒業して、そんな風に家を持てるといいなあ。ラキとタクト、そして召喚獣たち。妖精さんやルーも来てくれるといいな。内と外に大きなお風呂を作って、お庭には小さな畑。ううん、魔法が使えるんだから、大きな畑だって夢じゃない。

「ユータ、顔が枯れてるよ～」

「ジジ臭い顔してるぞ」

大いに夢を膨らませていたのに、外野から横槍が入る。どうしてオレが未来の展望を思い浮かべると、ジジ臭いって言われるの⁉

『縁側で茶でも啜ってそうな顔するからよ』

『だって主、孫の将来を想像する爺さんみたいな顔だぞ』

容赦ない言われように、オレは頬をぱんぱんにしてむくれたのだった。

「やっと討伐！　今日は討伐でいいんだよな!!　いっぱいいるよな？」

「どうだろうね～？　案外下流にしかいなかった、なんてこともあるかも～？」

不謹慎なことを期待するタクトに苦笑しつつ、オレも討伐できる方が嬉しい。だってバラナス美味しかったし。

オレたちは、予定通りまずは山側から調査を開始している。村長さんたち曰く、バラナスは川沿いを離れることはないので、山からだと襲われずに様子を窺えるだろうとの話だ。

「なんでわざわざ襲われない方に……討伐に来て戦わずに帰るとか、悲しすぎるぜ！」

「登山に来たと思えば楽しいいんじゃない？」

「楽しくねえ！」

即答されてしまった。だけど、ちゃんと道もあるしちょうどいい登山コースだ。木漏れ日の中歩くのは楽しいと思うけれど。肩で揺れるティアも、心地よさそうにきょときょと見回している。ただ、バラナスがいなくても他の魔物はいるだろう。長閑だなんて言ってられない。

「ん～、変わったところなんてないんじゃね？　フツーに増えてるだけって感じ？」

そろそろ山の中腹に差しかかる頃、川幅はだいぶ狭くなって簡単に見渡せるようになった。けれど、バラナスの数はさほど変わらない。

「特定の魔物が増えることはある。それならそれで構わない、討伐すればいいだけだからな」

バラナスは行動範囲の狭い魔物なので、増えてもさほど脅威は感じない。危険だと思えば近づかなければいい話だ。ゴブリンみたいに範囲を広げて動き回る種族だと大変だ。ただ、上流から全部狩っていくなんて話になれば、一旦戻ってギルドで討伐隊を組む流れだろうか。

「どうしたの？」

ふと、難しい顔で首を捻ったラキを見上げた。

「う～ん、下流とあんまり数が変わらないのも変じゃないかな～？」

「どういうこと？」

「俺もそう思う！　上流に行けばもっとザクザク出てくると思ったのに！」

あ、そっか。本来上流の方が多いはずだったもんね。

「そうだな。ただ、個体の行動範囲が重なりすぎないよう、ばらけただけかもしれない」

バラナスはひとところに群れてはいるけれど、生息域が被っているだけで集団として機能しているわけじゃない。各々快適を求めて移動すればそうなるのかもしれない。

「だが、いい気付きだな。偉いぞ、その辺りも注意して観察しよう」

テンチョーさんが表情を緩めてラキを撫でた。

ほんのりと頬を上気させたラキに、オレとタクトは顔を見合わせて笑った。いつもオレたちを引っ張ってくれるラキは、こんな風に褒められることってあんまりないもんね。テンチョーさんの圧倒的パパ感を前に、いつもよりちょっぴり子どもっぽいラキを見つめる。

オレたちの頼れるリーダーは、まだ子どもだ。オレたちといるから精一杯背伸びして頑張っているんだろうか。ラキを見上げ、オレは改めて感謝した。


「――やっぱりおかしいね～？　むしろ減ってる～？」

ラキの台詞に、今度はテンチョーさんが難しい顔をした。

登山道がただの獣道（けものみち）になり、オレたちの息も上がってきた頃。川はそろそろ上流と言って差し支えないと思うのだけど、バラナスの数は増えていない。むしろ、随分減ったように思う。川を眺めれば必ずと言っていいほど視界に入っていたバラナスが、探さないと見つけられない程度になっている。

「奥さんが言うには、この辺りなら日当たりのいいところを求めて、折り重なるように群れていることもあるって話だったけどなぁ」

アレックスさん、奥さんのお相手をしつつ、ちゃんと情報収集をしていたんだ。

――と、激しい水音が響いて川へ視線をやった。タクトが目を眇（すが）めて首を傾げる。

「なあ、あれってバラナスなのか？　なんかでかくねえ？」

バラナス同士がケンカしているのかと思ったけれど、水しぶきの中、見え隠れする個体に差があるように思える。やがて暴れていた片方がぐったり動かなくなり、それを咥え込んだもう一方が顔を出した。

「バラナスじゃないよね!?　強そう……」

悠々と顔を上げて食事を始めようとするのは、赤みがかった二回りほど大きな生き物。トカゲみたいなバラナスより、ずっと凶暴な顔をしている。どちらかといえばワニ？　それとも恐竜だろうか。重量感のある姿に圧倒される。

「アリゲール……？　いや、アリゲールもバラナスと大差ない魔物のはずなんだが……」

「テンチョー、アリゲールって灰色じゃね？　口のでかいバラナスって感じだったはず」

そういえば川にはアリゲールもいるって言っていた。元々数は少ないらしいけど、あんな凶暴そうなら、バラナスを食い尽くしてもおかしくないんじゃないだろうか。

「あれ？　アリゲールってこれでしょう？　違うんじゃない？」

ここぞとばかりに魔物図鑑を取り出して調べてみると、どうも違う気がする。全体の特徴は似ているけれど、アリゲールは灰色で、頭から胴が1メートル前後と書かれている。それならバラナスと変わらないはずだけど、あれはどう見ても2メートル以上はあるもの。

「いや、こっちだな」

テンチョーさんが図鑑のページを捲った。

「スーペリオ・レッドアリゲール？　本当だ！　……でもこれ、単体C～Dランクだよ」

アリゲール種の強いヤツってことかな。討伐はDランクパーティでギリギリだ。タクトのわくわく顔が不謹慎極まりない。

「あれのせいでバラナスが生息域を追われたのかもしれないな。もうすぐ湖のはずだ、そこを確認してから対応を検討しようか」

バラナスにしてもアリゲールにしても、源流付近の湖が生息域の端らしい。

「じゃあ、湖に着いたらお昼ごはんにする？」

朝からの登山で既にお腹はぺこぺこだ。期待外れと言うべきか、山中の移動だというのに大した魔物が出てこず、新たな食料を確保できていないのが残念だ。

「お前さぁ、アレ見たあとでよくその台詞が出るね……」

「おそらく湖があのアリゲールの住処だろう。……そこで飯を食うのか？」

2人のじっとりした眼差しに、居心地悪くもぞもぞする。だ、ダメだった？　だって腹が減っては戦ができぬ、でしょう？

「そうだぜユータ、食事は道中で小腹を満たす程度にしとくべきだと思うぜ！」

タクトの台詞にテンチョーさんたちが深く頷き、ラキが胡乱げな眼差しを向けた。

「だって早く討伐したいだろ？　で、昼飯にあれ食おうぜ！　美味いって書いてただろ⁉」

テンチョーさんたちがガックリと肩を落とした。タクト、そんなところだけはちゃんと読んでいたんだ。だけどそれは一理ある。せっかくだから美味しいものを食べたいもんね。

「でも、バラナスの解体も割とかかったんだから、あの大きなアリゲールを解体するのって結構時間かかると思うよ？　討伐して、そのあとさらに待てる？」

「待てねえ。じゃあ湖で食おう！」

あっさりと意見を翻したタクトに、先輩2人はもう一度ガックリと沈んだ。


——湖は、シンと静かだった。

「おかしいな、アリゲールもバラナスもいないとは」

「やっぱ、あのでかいアリゲールのせいじゃね？　あいつがこの辺りで食いまくったから、生き残ったヤツがどんどん下流に行ってると見た！」

テンチョーさんとアレックスさんは、腕組みして眉間に皺を寄せた。普段はバラナスとアリゲールがたくさんいる危険な湖は、見違えるように平和な姿をして——不気味だった。

「じゃあ、魔物が出てこないのも、あの赤いヤツのせいか？」

「他の魔物も食べちゃうから？　山奥なんて、普通はたくさん出てきそうなのにね」

レーダーで周囲を探してみても、大した魔物はいないように思う。もしかするとアリゲールやバラナスのせいで、この川や湖の周囲を避けているのかもしれない。

「鹿っぽい魔物が美味いって聞いて楽しみに……あ、もうちょっと分厚く切ってくれよ！」

タクトが不服そうに注文をつける。

「もっと分厚く？　だけど、薄い方が食べやすいしカリッとして美味しいよ？」

「僕は薄くてもいいよ～。ユータがお勧めの方がきっと美味しいから～」

「確かに！　じゃあそれでいい」

そう？　ちなみに割と分厚く切ったつもりだったんだけど。ステーキじゃないんだから、あまり分厚いと塩辛いと思う。

手早く作業するオレの肩に、ポンと手が置かれた。

「……なあ、ユータちゃん、聞いていい？　……それ何？」

「ベーコンだよ」

「そうじゃねえぇ！　何やってんだって言ってんの！」

「ベーコンエッグ丼作ってるよ？」

塩漬け肉の燻製、いわゆるベーコンは多少日持ちがするし、冒険者には割とポピュラーなものでしょう。卵はまあ、持ち歩く冒険者は少ないけれど、何も珍しいものではない。

「そうでもねぇ!!　テンチョ、パパの出番だ！」

「……ユータ。さっき言ったろう？　昼食は簡単なもので手早く済ませようと」

テンチョーさんが額に手を当てて、頭の痛そうな顔をした。

「う、うん。だから、簡単なもので手早くしようと思って……」

ちゃんと聞いていたよ？　湖の様子を見てから、昼食は簡単に済ませようって。オレだって分かる。いつさっきのアリゲールが戻ってくるか分からないもの、サッと作ってサッと掻っ込めるものにしなきゃいけない。

だから――ほら、そんなことを言ってる間に出来上がり。

「ホントに手早いね!?　何これ超美味そうなんですけど!!」

「違うんだユータ……手早く済ませるというのはな、保存食で簡単に済ませ――ああ、いや、保存食を・そのまま・手を加えず・食う・ということ……」

テンチョーさんがオレの頭に手を置き、まるで幼子に言い聞かせるように言った。そして、ちらりとベーコンエッグ丼に視線を走らせる。

「……だったんだが。思いの外早いな。……美味そうだ」

そうでしょう！　ジャンクフード的なものって、どうしてこうそそられるんだろうね！

「それに～、これ、保存食齧る（かじ）より手早く食べられると思う～」

「そうだぜ！　あんなの食った気しねえだろ？　急いでんなら早く食おうぜ！」

「そうだぜ！　テンチョ、これ美味そうすぎる！　説教はいいから早く食おうぜ！」

味方が1人増え、テンチョーさんがため息を吐いて丼に手を伸ばした。

「では、ありがたくいただこう。説教はあとだ。周囲の警戒を怠らないこと」

「「「はーい！」」」

説教はあるの？　ぽんと頭を撫でたテンチョーさんは、複雑な表情でありがとうと言った。

「うまー！　料理ってこういうのでいいんだよ、こういうので!!」

「これなら私にも作れるだろうか……美味い」

アレックスさんが大騒ぎしながら食べている。警戒、してる……？　テンチョーさんのお口にも合ったようで一安心。野菜なんて欠片も入ってないけど、ひとまずエネルギーを得るための食事なんだから、これでいいんだ。

つやつやのごはんに、たっぷりのベーコン。焦げ目のついた縁がフリルのように縮み上がり、てらてらと油が光る。うま味の油がたっぷり出たところへ飛び込んだ卵は、見事にそれらを吸い上げ、ぷるりと焼き上がっていた。もちろん、たんぽぽみたいな黄色が美しい半熟だ。それも、贅沢に2つも！　にまにまと上がる口角を押さえつつ、お箸を卵へあてがった。つぷ、と箸を沈ませると、とろりと溢れた黄身がみるみるベーコンを彩っていく。期待通りの光景にほくそ笑み、たっぷりのベーコンと共にごはんを頬ばった。

「んー！　美味しい！」

そう、こういうのでいいんだよ！　まさにそれだ。たれは、焼いたあとのフライパンをこそげて作った醤油ベース。それが全体の塩味を足して丼としてまとめ上げている。がつんと来る塩辛さと、ごはんの甘さ、卵のまろやかさ。ああ、幸せ。こんなところでなんだけど、幸せだ。これほどお手軽に幸せが手に入るなんて、すごいことだよね。

せっかくだから、ゆっくりと味わって食後のお茶を――なんて願いは叶わないようで。

オレとタクトが素早く視線を走らせた。それに気付いたテンチョーさんたちも、表情を引き締める。

「来たか？」

「うん、多分アリゲールだけど、何色のかは分からないよ」

慌ただしい昼食を終えたオレたちは、そっと身を隠しながら川へ近づいた。

さっきの赤いのは、１匹だけだろうか？　アリゲールは水中にいることが多くて、レーダーで分かりづらい。もし他のアリゲールも全部赤だったとしたら、大変なことじゃないだろうか。

湖の近くまで来たアリゲールは、そこで留まっている。さほど深さも川幅もない場所のこと、さっきと同じ、赤くて大きなアリゲールだと確認できた。

「お、そこにいろよ！　そこなら俺も存分に戦えるぜ」

タクトが剣に手をかけて口角を上げた。討伐する気満々だ。

「テンチョー、付近には1匹しかいないみたいだぜ！　ランク的にはギリだけど、どうする？」

「私たち2人なら手を出さない相手だ。ただ、場所も条件もいい。チャンスではある……そっちのリーダーの判断は？」

ラキは突然注目されて、目をしばたたかせた。

「えっと、討伐かな～？　1匹だけならそれでいいし～、他にもいた場合には調査の証拠と危険度の確認もしたいし～。それに——」

ラキはにっこり笑った。

「問題なく討伐できるから～。Dランクの似たような魔物、もっとたくさん倒したよ～」

そっか！　おじさんにお弁当を届けに行った時だ。湿地にたくさんいたラチェルザード！

単体ランクはDだったけど、たくさんいたもんね。

テンチョーさんは少し驚いたあと、しっかりと頷いた。

「分かった。なら、今がチャンスだ。アレックス、行くぞ！」

「オケィ、アレックスさんも頑張るぜ！」

万が一他の赤い個体がいるなら、このチャンスを逃す手はない。アレックスさんが身を隠しつつ素早く接近を始めた。

「やっとか！　行くぜ!!」

「うん！　いいよ～タクト、ゴ～！」

犬みたいな号令で、タクトは大いにしっぽを振って飛び出した。テンチョーさんが思わず目を見張ったけれど、ラキはしっかりテンチョーさんへ頷いてみせた。彼も頷いて、もう何も言わない。タクトの陽動があればこそ、アレックスさんの安全が担保される。

派手に砂利を鳴らして走り寄るタクトに、アリゲールが素早く向き直った。

「結構速いな！　口がでけえ！」

身を翻してアリゲールの噛みつきを避け、タクトが下がった。追いすがるようにアリゲールが岸へと上がってくる。バラナスと体型が違う……腹這いで横に張り出した爬虫類の四肢じゃなく、ほ乳類のように立っている。まるで恐竜みたいだ。だから素早いんだろうか。回り込むのを許さず、タクトは切り込めないでいた。

「でかい口が、邪魔！」

ガチン、と間近で噛み合わされた牙に怯える素振りもなく、タクトが横っ面を力任せに切り裂いた。鈍い音と共に、アリゲールの足下がふらつく。

と、傘に雨が当たるような音が響いて、アリゲールがつんのめった。

「硬いね〜、貫くのは無理かな〜」

右前足の関節、その一点を狙った狙撃は、見事に大きな頭を地面へひれ伏させていた。

「ありがとさんっ！」

「――アイスアロー！」

先輩2人の息の合った攻撃は、それぞれ後ろ足を穿つ。悲鳴を上げたアリゲールは、なんとか這いずって湖へ逃げ込もうとした。

あれ、オレ出遅れてる……？

「そっち行かれたら困るぜ！　回収できないだろ！」

追いすがったタクトが川へ飛び込み、ざぶりと腰まで水に浸かる。

「水の剣！」

ざん、と鈍い音と共に、太い首が半ばまで落とされ、アリゲールはどしゃりと動かなくなった。

完全勝利に拳を握った瞬間、オレの表情が凍りつく。

「戻って!!　みんな戻って!!」

ハッとしたタクトがラキを引っつかみ、オレは反応の遅い先輩2人の元へ駆け出した。

6章　それぞれが、守るべきものは

「戻って！　早く！」

言いながら先輩2人を背中で押しやり、しんがりを務めて両の短剣を抜く。ざわざわと足下から立ち上るような嫌な気配に、ぐっと両手に力が入った。

「どうしたんだ⁉　他のアリゲールが――⁉」

無事山側へ上がったテンチョーさんが、オレの視線を追って目を剥いた。静かだった湖からは波が押し寄せ、みるみる湖面に影が広がっていく。

「ユータ！　お前も来い！」

ぐっと影を睨んで構えたところで、強い力で襟首を引っ張られた。タクトに掻っ攫われて藪に放り込まれた途端、ざばりと一際大きく波が押し寄せ、湖面に大きな影が立ち上がった。

「なんだ、あれは……」

身を潜め、テンチョーさんが思わず声を零した。

なんだろう、あれ……。

それは、大きな頭でぐるりと周囲を見回すと、アリゲールの亡骸に目を留めた。ゆら、と水面がS字に揺れて、その体の末端が思ったよりも後ろにあることが分かる。川の方へ近づくにつれ、徐々にその姿が水上へと現れた。

横たわった赤いアリゲールが、まるで小さなトカゲのように見える。それは、躊躇(ちゅうちょ)なく亡骸を咥えると、天を仰ぐように一息に呑み込んだ。ガコ、ガコンと顎を鳴らす重い音が聞こえる。

これだ。これのせいでいろんな異変が起こったんだ。こんなものがいれば、バラナスだろうとアリゲールだろうと、ひとたまりもない。タクトでさえ、じっと息を潜めて睨みつけている。

これは、なんだろう。

アリゲールに似ている、とは思う。ワニのような頭、体から真下に出る四つ足。

だけど——圧倒的に、大きい。この湖でさえ狭かったのではと思える。それはもう、完全に恐竜のサイズ感だ。地球での朧(おぼろ)げな記憶で、こんな恐竜を図鑑で見たような気がする。

黒々とした表皮は鱗(うろこ)で覆われ、背中には大きな背びれが張り出している。ずっしりと太く筋肉の盛り上がる足に、水掻き。そして、頭には1対の重々しいツノが生えていた。

恐竜みたいと言ったけれど、誤解を恐れずに言うなら、これは……

「ドラゴン、じゃ……ないよね～？」

震えるラキの小さな声に、誰も答えられなかった。

早く、湖に戻って。そんなオレたちの願いは、なかなか届かない。無感動な瞳がどこか不満げに、しきりと周囲を窺う。その頑丈な足は、とてもじゃないけれど水中特化だとは思えなかった。むしろ、陸上で踏ん張るための足、爪だ。見つかったら、逃げられない。

そして、オレたちは薄々気付いていていた。

周囲に魔物はいない。川にいた魔物すら下流へ行ってしまった。

つまり――アレは今、とても空腹であるということを。

しばらく周囲をうろついたその魔物は、突如姿勢を低くして大きな背びれを震わせた。

「――!?」

その瞬間、言いようのない感覚がオレを貫いた。魔力？　何か、魔力が広がったような……。

魔物が、ガコン、と顎を鳴らした。そして、迷いなくぴたりと、オレたちの潜む藪を見据えた。

「!!　しまった！　みんな、逃げて！」

どん、とテンチョーさんの体を押した。まさか、魔物が索敵できるなんて！

『「シールド!!」』

激しい衝突音がし、目の前の景色は一瞬で様変わりした。モモとオレのシールドで受け止めたのは、巨大な口腔。

食べようと、している。

何の迷いもなく、そこにある食べ物を口へ入れようとしている。人との戦闘とは違う、捕食者への恐怖に歯を食いしばった。

ここは、オレが。オレじゃなきゃ、きっと無理だ。

「ユータ、何してる！　早く‼」

焦ったテンチョーさんの声を背中に聞きながら、じりじりと後ずさる。

逃げるよ、オレも逃げる。だけど、先に行ってくれなきゃ逃げられない。

「テンチョ、行くよ！　俺たちが邪魔だ‼」

「っくそ……‼　くそ‼」

テンチョーさんの歯噛みする顔が目に浮かぶようだ。

「大丈夫！　オレはシールドが使えるから！　シロもいるから！　ちゃんと、追いかける！」

だから、早く。

オレたちを追って完全に湖から這い出た魔物は、どん、とシールドに体当たりした。ビリビリと震えるほどの衝撃が伝わる。速いし、重い。シールドで受けるより、避けた方がいい。だけど、避けたらテンチョーさんたちが……。

『ゆーた、チュー助が言ってたよ。守るなら、打って出ろ――って‼』

そっか、そうか。オレが戦えば、コレは他を追いかけられない。隣に立つシロがにこりと笑って、オレは頷いた。

――負けないの。ラピスの方が強いの。

「うん……!!　みんな、行くよ――！」

巨大な魔物を見据えて両の短剣を握り直し、姿勢をいっぱいに低くした。もう一度突っ込んでくる魔物を前に、モモと視線を交わす。そして、蘇芳が額の紅玉を煌めかせた。

『今!!』

衝突を受け止めた瞬間、蘇芳の声でシールドを解除する。飛び上がったオレの足下で、支えを失った魔物が地面を抉った。

「頼むよ、チュー助!!」

『わ、分かったぜ主！　見てろ、俺様の切れ味!!』

無防備になった首元に、思い切り突き立てた短剣は、右手だけざくりと鱗を割った。のたうつ巨体から飛び退いた瞬間、シロが攫うように背中へすくい上げて離脱する。

硬い……!!　チュー助でやっと、普通の短剣では傷もつかなかった。もっと、もっとしっかり魔力を通さないと！

オレたちが離れた隙を縫って、激しい雷鳴が轟いた。

――……効きが悪いの！　あの鱗、邪魔なの！

じゅうじゅうと煙を上げる魔物は、確かに苦しんではいたけれど、普通なら炭化を通り越す

ような雷撃を受けてなお、立ち上がっていた。

さらに濃くなる嫌な気配を、ぐっと堪える。この気配、確かにこの魔物から……。

だけど、これは覚えがある。魔寄せ、魔晶石（ましょうせき）の気配のはず。こちらまで浸食するような強い呪（のろ）いの気配と、ティアが懸命に戦っているのを感じる。

だけど、呪いなら、もしかして浄化できるんだろうか。

「ものは試し！　浄――」

ふぉん、と空気を裂くような音に、ハッと首を巡らせた。

『ゆうた！』

咄嗟に張られたモモのシールドが、パキン、と軽い音と共に砕（くだ）けるのが見えた。そして、それを破壊した長大な尾が迫るのも。

「つらあぁああ!!」

ぱしゃ、とオレの頬に水しぶきが散る。裂帛（れっぱく）の気合いと共に振り抜かれた剣が、眼前のそれを弾き、逸らした。同時に、覚えのある連続音を聞いた気がした。

呆然とするオレの前で、片目を潰された魔物が巨体をうねらせ、のたうっていた。

「で、どうする～!?」

「俺は、勝てねえぞ！　お前は？」

オレは、ぐっと熱くなる喉を誤魔化し、２人の目を見た。

「みんなが、逃げ切る隙を作れるまで。……それまで頑張る。危ない、よ……？」

「見りゃ分かるっての!! 心配しなくても前には出ねえよ！ 俺たちなら、シロに乗っていっぺんに逃げられるだろ？」

うっすらと水をまとったタクトが、一筋汗を垂らして笑った。

「ごめんね～。でも、これでユータは頑張らなきゃいけないでしょ～」

頭を振って起き上がる魔物から目を逸らさず、ラキがそう言った。

「だってユータに何かあったら、僕たち死んじゃうからね～？」

こんな時でもくすっと笑ったラキに、オレの内に火が灯った気がした。

「……大丈夫。オレに任せて」

支えてもらわなければ不安定な心は、支えてもらうだけで、揺るがない。凪いでなお燃える心に、ふんわりと笑った。

オレは、１人で揺るぎなく立つことはできないみたいだ。だけど、支える手を信じて、こんなにも微動だにしない心を持てるなら。それなら、それでいいんじゃないかな。

ここは、オレが。

オレがやる。だから、支えていて。オレはふっと息を吐いて、警戒する魔物と向き合った。

「モモ、2人をお願い！」

『あなたは大丈夫なのね⁉』

オレはこくりと頷いた。大丈夫、オレもシールドを張れる。何より、もう当たらないようにするから。

立ち上がった魔物は残った片目でオレたちを見据え、ぐっと四肢に力を入れた。今突っ込んでこられると、ラキとタクトが巻き込まれる。

「行くよっ！」

――なら、オレが先に！　地面を舐めるように低く、低く。真正面から突っ込んだ。戦いにくいでしょう？　その大きな顎、小さなオレに噛みつくには向いていないもの。

地面を抉るように開かれた顎には、ずらりと並んだ牙が見えた。怖くなんてない。凪いだ心は、ただ無心に最善を探した。生ぬるい吐息を感じた瞬間、背中に地面を感じながらわずかな空間に滑り込んだ。それは、冷たい下顎がオレの顔に触れるほどに。

思い切り閉じられた顎の振動を感じつつ、目の前にある下顎を短剣で思い切り突き上げた。声にならない悲鳴を上げて、魔物が思い切り頭を振り上げる。ゴッゴッとした背側と違い、チュー助は根元まで刺さったものの、力が足りない。切り裂けない。

空高く放り投げられた小さな体を、シロが受け止めて体を捻る。空気を割(さ)いて唸(うな)りを上げた尾が、間近を通り過ぎていった。

瞬間、通り過ぎざまにシロから飛び降り、長い尾の付け根に短剣を振るった。

「う、硬いっ……！」

素早くシロがオレを拾って離脱し、がこん、とオレのいた場所の空気が大きな口腔に消えた。

「ラキ、移動するぞ！」

ちらりとオレを見て頷き、タクトがそっと魔物の死角へ移動を始める。と、気付いた魔物がピクリと反応した。

ほら、こっちを見て。他に注意を向けられるような、生易(なまやさ)しい攻撃はしないから。

「ラピス！」

オレは宙返りするシロの背で声を上げた。ぐっと足に力を入れて、逆さまのまま両手を魔物へ向ける。

――やるの!!

「岩合戦!!」

轟く音は、マシンガンのように。呼応したラピス部隊とオレ、魔物の頭を挟んで左右からもたらされる幾千の岩つぶて。衝撃をどこへも逃がさない両サイドからの同時攻撃に、魔物は痙(けい)攣(れん)するように振動した。魔法が効きづらいなら、直接の打撃を！　堪らず開いた口腔から、被弾した牙がいくつか砕けて散った。

「シロ！」

『うん！』

オレと共にシールドをまとったまま、シロは風の速さで突っ込んだ。一塊(いっかい)の拳となったオレたちが、魔物に猛烈な右ストレートを食らわせる。パキリ、とシールドの砕ける瞬間、チュー助を叩き込んだ。巨体が吹っ飛び、確かな赤い飛沫(ひまつ)を散らせて地面を滑っていく。

致命傷(ちめいしょう)にはほど遠い、だけど、確かに削(けず)れていく命。河原を抉った魔物が、滅茶苦茶(めちゃくちゃ)に尾を振り回してのたうった。

空を蹴って尾の乱舞をかいくぐるオレたちに代わって、ラピスが進み出る。

――行くの！　全部隊、集中砲火!!　フルモッコにするの!!

きりきりと引き絞られていた弓のような心から、思わずかくんと力が抜ける。

ラピス、違うよ……圧倒的に違う。もっこもこにしてやる、なんて……。

「……あはは！　もう、あはは！」

オレは晴れやかに笑った。こんな時に、声を上げて笑った。

知らぬ間に世界から消えていた色が戻ったようで、目を瞬いた。いつの間にか消していた表情に気付いて、深呼吸する。

魔物しか見えていなかった視界に、真摯にオレを見つめるラキとタクトが映った。思い詰めたような瞳にふわりと笑うと、２人が大きく息を吐いた。

「お前、その方がいいぜ！」

タクトが顔いっぱいでニッと笑う。うん、オレも、この方がいい。改めて向き直ると、あんなに強大だった魔物は、嘘のように小さく見えた。

そうだ、さっきの浄化を試してみなくては。

「ラピス、時間を稼げる？」

――稼がないの！　ラピスが倒すから心配いらないの！

ラピスが雄々(おお)しく吠えた。愛らしい姿の中で、爛々(らんらん)と燃える群青(ぐんじょう)の瞳だけが圧を持って魔物を見据えている。オレはくすりと笑って、頼もしい小さな獣を撫でた。

「うん、お願い」

オレはシロに乗って魔物の周囲をつかず離れず疾走(しっそう)する。大きいけれど俊敏な魔物は、直接触れて魔法を使うことができない。なら、あれしかない。

「シロ……任せるよ！」

『うん、任せて！』

オレは皆を信じて目を閉じる。時折掠(かす)める音も、生臭い吐息も、もうオレとは関係ない。

「タクト、ユータをサポートするよ～！」

「おう！　いいか？　狙われるぜ！」

ラキは、に、と口角を上げて笑う。

「よくないね！　狙わせないでくれる～？　前衛でしょ～！」

一瞬、きょとんとしたタクトが、にやりと笑った。

「いいぜ‼　俺に任せろ！」

「狙うのは、しっぽだけ‼　ラピス、邪魔でしょ、ユータを掠めるあのしっぽ。……僕が狙う。ついてきて！　引きちぎってみせるから！」

――分かったの！　第１・第２部隊、一点突破！　第３部隊、かくらんするの‼

「「「きゅっ‼」」」

――残り、正面から迎え撃つの‼　根性見せやがるの！

「「「きゅうっ‼」」」

ラキは、すうっと息を吐いて、止めた。穏やかな瞳が怜悧(れいり)に澄んで、ただひとつの鱗を狙う。

『スオーが、ついていてあげる』

蘇芳は静かにラキの傍らに寄り添った。

「……そこ！」

「きゅ！」

軽い連続音が響いた。何度も、何度も。ラキの弾丸を目印に、魔法をまとった管狐が弾となって追随する。

「今！」

「きゅ!!」

ラキの目が捉えるのは、ひとつの鱗のみ。ユータがつけた、ささやかな傷。それは、ついに割けて鮮やかな目印となった。

――見えたの！　第1から第3部隊、集中砲火!!

正面からの攻撃を振り切って向き直ろうとした魔物に、タクトが飛び込んだ。

「つらああぁ!!　お前は、こっち見てればいいんだよ!!」

斬ることを諦めたタクトが、鞘ごと鼻先をぶん殴った。急所に堪らず顔を逸らした魔物が、ついでとばかりに尾を振った。

「つくぅ！」

モモのシールドとタクトの身体強化、2人の力でかろうじて力を逸らす。

「そこだな！　行くぜエビビ！」

弾いた尾の付け根にくっきりとついた赤の印を見て取って、タクトが追撃を試みる。

『ダメよ、タクト！』

「やべっ！」

俊敏に身を翻した魔物が、大顎を閉じた。

間一髪、モモのシールドが、かろうじて魔物との距離を広げた。閉じられた顎に捕まったのは、咄嗟に突き出した剣のみ。

ぶん、と激しく振られ、鞘を口腔に残してタクトが声もなく吹っ飛んだ。

「タクト!?」

激しい水しぶきをあげて川へ突っ込んだタクトに、ラキがハッと振り返った。

「痛……ってぇ！　前向いてろ!!」

『頑丈ね……』

姿は見えないものの、元気な声に頷いて前を見据える。ラキは、ラキにできることを。

――ラキ、離れるの！　全部隊一点突破!!

「「きゅーっ!!」」

一瞬辺りが白く染まるほどの魔法が、全て尾の付け根に集中した。ラピスの声は聞こえずとも、察したラキが退避する。衝撃で河原まで吹っ飛んだ魔物が、半ばちぎれた尾をうねらせた。

「らあぁっ!!」

川の水と共に飛び出してきたタクトが、巨大な水柱となった剣を振り下ろす。

そして――剣が飛沫となって飛び散ったあとには、長大な尾が丸太のように転がっていた。

ぼたぼたと水を滴らせ、タクトはラキと視線を合わせてにっと笑う。大きく息を吐いて汗を拭い、ラキもいつものように笑った。合わせた拳は、２人だと随分高い位置にあるなと思った。


ひら、ひら――

「……これは？」

「ユータ？」

ひら、ひら、ひら、ひら
ふいに舞い出した光に、２人が顔を上げた。

「青い光の蝶々～？　これは、魔法～？」

アゲハ蝶ほどの光の蝶は、やがて嵐のように渦を巻いて飛び交い始める。

――きれい。

蝶の渦を見上げて、ふんわり笑った。

解呪の青い蝶々と、金色の生命魔法の蝶々。一斉に羽化した蝶たちが、花吹雪のように舞う。

魔力を使いすぎたろうか。どこかぼうっとする頭で、ただきれいだと思う。

普段の小さな蝶々じゃない。羽音すら聞こえる気がする、アゲハ蝶みたいに大きな蝶々。どうして、大きな蝶にしたんだっけ。

何気なく空へ伸ばした手に、ふわっと蝶が集まった。まるで、餌(えさ)に群がる小鳥みたい。まるで、光の花束みたい。

——今なら、舞えそうな気がするのに。

教えてはもらえなかった、生命魔法の舞い。サイア爺は、ないって言っていた。生命魔法の精霊はいないんだって。だから、舞いもないんだって。

残念だったんだ、せっかく一番相性がいい魔法なのに。

くるりと回ると、光の蝶も一緒に回る。だけど、もしかするとあるかもしれないよね。いつか、教えてくれる人がいるといいな。こうして蝶々と舞えたら、きっと気持ちいい。

「ユータ……お前」

躊躇うような声に、呆けていた意識が収束していく。ハッと瞬いた瞳に、世界が戻った。

「あっ……オレ、ぼうっとしてた!?　魔物は!?」

慌てて見回すと、見つめる2対の瞳と目が合った。

そして、目に飛び込んできたのは、傍らでもがく大きな魔物。

「えっ、タクト大丈夫!?　魔物が……これ、みんなが？　すごい……!!」

「……すげーだろ！　お前も、ラキも、俺も、ちゃんと守ったろ？」

力を抜いたタクトが、ニッと口角を引き上げた。だらりと下がった手で、長剣がかつんと河原に当たって音を立てた。

「モモやラピスがいたからだけどね～？」

ラキがそっとタクトに手を添え、オレの方へ歩み寄ってきた。

河原に転がった長大な尾に、息を呑む。本当に、すごい。モモとラピスだけでは、こんな風に戦えなかったはず。

「僕ら、頑張ったよ～。だから」

「次は、お前の番、だな！」

オレはぼやけた視界を拭って、こくりと頷いた。

ありがとう。

ありがとう、守ってくれて。２人がちゃんと自身の命を守ってくれたから、オレはこんな心のままに戦える。だから、オレを守る意味が分かる。

「任せて。大丈夫」

バランスを失ってまともに動けない魔物は、四肢を踏ん張って近づくオレを睨みつけた。

「行くよ」

オレの意思に応え、光の蝶々が一斉に魔物へと群がった。相手が大きいもの、魔力の密度を高めた大きな蝶で正解だ。やっぱり、解呪の青い蝶々が反応している。だけど、蝶々に寄られても痛いわけじゃない。光の蝶を気にしつつも、魔物は逃げ惑ったりせずに警戒していた。ひらひら、ひらひらと蝶が取り囲むにつれ、嫌な気配が薄くなる。同時に、魔物の気配も小さくなっていくのを感じる。

確実に、効いている。呼吸がしやすくなったようで、ふう、と息を吐いた。

「……静かだね～」

ラキが、ぽつりと呟いた。命が削られていることにも気付かない、小さく、静かな攻撃。

「なんか、悔しいな」

完全に座り込んだタクトが、少し咳き込んで苦笑した。そうだ、タクト！　装備がぼろぼろだったもの、きっと怪我をしている。

「お？　なんだ⁉　ユータ、俺チョウチョに食われそうなんだけど！」

「食べないよ！　じっとしていて」

慌てて群がる蝶々を振り払おうとするタクトに、くすりと笑った。

「お、おう……？　気持ちいい、かな」

そうでしょう？　回復の蝶々だもの。ねえ、解呪もせめて心地良かったらいいのに。きっと、じわじわと魔物を死に至らしめるだろう魔法を使いながら、オレは勝手なことを思う。

睨み合っていた魔物から、かくんと力が抜けた。踏ん張った前肢が崩れ、地面に頭を打ちつける。慌てて飛び起きた魔物から、焦燥が伝わってきた。あるはずのない尾を振り回そうとして、どしりと尻をつく。

ゴッ、ゴゴ、ゴ。

これが魔物の声だろうか。喉から空気を振動させる音を漏らしつつ、よろめきながら身を翻した。同時に、大きな背びれが震える。きっと魔法！

「シールド！」

咄嗟に張ったシールドは、確かに何かを弾いた。

「あ、蝶々が～！」

衝撃波、みたいなものだろうか。その魔法が、群がる蝶を吹き飛ばしてしまっていた。だけどその代償か、魔物もぐったりと荒い息をしている。

「くそ、逃げられる！」

体を引きずるように、オレたちに背を向けて向かうのは、あの湖。

時間稼ぎができれば、隙さえ作れば、そう思っていたのに。今やとどめを刺せるまでに追い詰めたことに驚きながら、駆け出した。

呼応して、残った蝶々が姿を変えていく。載せる魔力よりも、スピードを求めた姿へ。矢のように飛翔したとんぼたちは、残らず魔物へ追いすがって、その身に溶けた。

『行こう』

スッと寄り添ったシロに飛び乗り、魔物の前へ回り込む。もう、怖いなんて思いは芽生えない。瞳を濁した魔物が、真正面からオレを見た。その瞳をしっかりと見つめ返し、走り抜ける。

――ユータに合わせるの！

めいっぱいに魔力を通したチュー助は、いとも簡単に魔物を切り裂いた。間髪入れずにラピス部隊が追随。

――魔物の頭は、離れて飛んだ。

＊＊＊＊＊

「う……」

「お～い、テンチョ、大丈夫？」

テンチョーはゆさゆさと揺すられ、目を開けた。

「なっ⁉　なんだこれは――くそ、あいつらか！」

「ちょ、ちょっと！　揺れる！　落ちるから!!」

不安定な場所で起き上がると、彼は痛む後頭部をさすった。地面まで、割と遠い。あいつらも焦っていたんだろうが、ここから落ちたらどうするつもりだったんだ……。

「魔物に食われるより、マシってことだったんじゃね？」

枝に掴まったアレックスが、ため息と共に苦笑した。

「で、どうする？　足手まといだって、こうして置いていかれた俺たちですが」

２人は高い木の上で、山頂の方を見やった。あれからどの程度の時間が経ったのだろうか。

彼らが覚えているのは、後輩２人を逃がして振り返ったところまで。ちらりと視界を掠めた２人の目配(めくば)せを思い出し、苦い思いが湧き上がる。

自分たちの方が実力不足は承知の上――だったけれど。

「きっついねー、あーんなちっこい後輩に守られちゃうと」

「そうだな」

頼っては、もらえなかったな。

それはそうだと合理的な頭では理解するものの、納得は難しい。

「テンチョーが頼られる場面は、きっとこのあとだと俺は保証するぜ！　なぁ、テンチョ、あいつらになんて言おう？　なんて説教したらいいと思う？」

訝しげな顔をしたテンチョーに、アレックスは堪えきれない笑みを浮かべて背後を示した。

＊＊＊＊＊

３人で山を下りていると、タクトとラキが目に見えてそわそわし始めた。

「あっ……やべえ！　２人とも起きてる！」

何が？　と視線を辿れば、先輩２人が、なぜか高い木の上からオレたちを見下ろしていた。

「あれ？　テンチョーさんたち、どうしてそんなところにいるの？」

「さあ、どうしてだろうなぁ？　そこにいる２人にぜひ聞いてみてくれ」

オレより大きい２人が、小さな背中に隠れるように後ろへ回った。がっちりと腕組みしたテンチョーさんの背後に、渦巻く黒い雲が見える。読めない表情は、般若のよう。

め、滅茶苦茶怒ってるーー!?　か、勝手なことをしたからだろうか。

じりじりと下がるオレたちの後ろからも、声が聞こえた。

「さて、ちゃーんと言い訳は考えたのかなー？」

ゆっくりと首を巡らせると、にっこりと微笑んだアレックスさんがいた。い、いつの間に……。

まるで怖い時のエリーシャ様みたいな微笑みに、ビクリと肩が震えた。思わず俯いた視界に、大股で歩み寄ってきた大きな靴が映った。げ、げんこつかな……もしかしたら、本気でぶん殴られたりして……。

身を縮めたオレたちに、大きなため息が聞こえた。次いで、肺がぺちゃんこになるほどきつく、抱きしめられる。

「ありがとう。生きていてくれたな」

テンチョーさんの腕は、本当にきつくオレたちを締め上げて、痛かった。

「だけど、もうやらないでくれ。命には順番がある。最初は、私だ」

固く締めたその腕は、オレに反論を許さなかった。

「結局あれ、なんだったんだろう」

テンチョーさんたちと合流後、オレたちは一旦山を下りた。

村で事情を説明すると、ギルドへ使いを出してくれるらしい。もうすぐ暗くなるし、オレたちもギルドの指示待ちでゆっくりと休むことになった。テンチョーさんに追い立てられるように早々にお布団に入ったものの、目が冴えて眠れそうにない。

魔物の遺体をどうしておくのが正解か分からなかったけれど、テンチョーさんたちもしっかり目撃しているわけだし、下手に隠さず放置してきた。正直、収納に隠して、知らぬ存ぜぬを通そうかとも思ったけれど。

「新種のアリゲールじゃねえの？」

どうでもよさそうな声に眉を顰める。あんな恐ろしい新種がほいほい生まれては困る。

それに――。オレは収納から、いびつな黒い結晶を取り出した。これだけは、もし悪影響があったら困ると思って持って帰ってきたんだ。

「それが、魔寄せの結晶なんだろ？」

ごろりと寝返りを打ったタクトが、結晶を覗き込んだ。

「うん、前も同じのを見たことがあるんだ。多分、呪晶石で間違いないと思う」

嫌な気配は魔物の内側からだった。案の定体内にあったこれは、浄化を終えて、ただ静かに煌めいている。

「だけど～、呪晶石って魔石とくっつくものなのかな～」

ラキも横から手を伸ばして結晶に触れた。

いびつな呪晶石は、魔石と融合したようにも、魔石になり代わったようにも見える。魔物は呪晶石に引き寄せられて集まってくるけれど、もしかして、こうして体内に取り込んだりするのだろうか。

「くっつくかどうかは知らないが、あの魔物が呪晶石を取り込んでいたなら、納得だ」

「えっ？　どうして？」

半身を起こしたオレを再び布団に沈め、アレックスさんが苦笑した。

「呪晶石って貴重なお宝だけど、割と危ないものなんだぞ？　魔物が取り込んじまったら、格段に強くなる。集まってきた魔物を食い尽くすから、なおさら強くなるんだってさ！」

オレの脳裏には、『蠱毒（こどく）』なんて言葉がよぎる。食らい合って残った最後の1匹が、あの魔物だったんだろうか。以前、学校での実地訓練で魔寄せアイテムによるトラブルがあった。あの時も、もしかするとこんな風に強力な魔物が生まれていたのかもしれない。

「あまり考えるな、余計目が冴える。お前たちはよくやった。いいからもう休むんだ」

大きな手がオレの顔を覆った。本当に、お父さんみたい。

「はぁい、パパ」

くすくす笑うと、テンチョーさんは投げやりにオレの布団をぽんぽんとやった。

隣からは既にタクトの寝息が聞こえる。規則正しい健（すこ）やかな呼吸は、みるみるオレも眠りへと誘い出していった。

「なんかさ、冒険者って感じの2日間だったよな！」

タクトがきらきらとした笑顔で汗を拭った。

「僕、冒険者はもうお腹いっぱいだよ〜」

オレも、もう十分。お代わりは結構だ。

今日は朝から到着した数人のギルド員と共に、また山を登ってきた。魔物の骸（むくろ）は昨日と同じように横たわっていたけれど、昨日よりも随分と損傷が増えていた。

どんなに強い魔物でも、骸となれば他の生き物の養分となる。まざまざと感じるそれは、悲しいような、救われるような――。

オレはギルド員と村人の手で解体される魔物を、ただじっと眺めていた。

これで役目が終わりかと思いきや、解体した魔物を手分けして村まで運び、今度は川の下流から遡（さかのぼ）ってバラナス討伐。低い山とはいえ、1日のうちに何度も往復するものじゃないと思う。

タクトはどこかスッキリした顔をしているけれど、オレとラキはもうぐったりだ。段々とギルド員の前で実力を誤魔化すのも面倒になって、割とガツガツ倒してしまった。

「疲れたよ……」

ある程度のバラナスを討伐し、上流へ追い立てたところで任務終了。オレたちの依頼も完了だ。面倒な手続きややり取りは全部テンチョーさんとアレックスさんにお任せで、オレは洗濯物のようにべったりとシロの背中に寝そべって脱力している。

――ラピスたちに任せたら、すぐに終わったの。

そうかもしれないけど、ギルドの人がいたし、村人たちの大事な川だもの。勝手に地形を変えるわけにはいかない。

もう1日村に泊まってから帰ろうと、テンチョーさんたちと話がまとまり、オレは当然村の家へ向かっていると思っていた。

「——ところで、どこに向かってんの？」

タクトの不思議そうな声に顔を上げると、いつの間にか村から随分と離れた平原にいる。

「お前たちに見せようと思ってな。まだ少し歩くから、シロに頼んでもいいだろうか？」

「うん、シロ車だね！」

何を見せてくれるんだろうか。テンチョーさんたちの誘導に従って走ることしばし、オレたちはシロ車から降りて、また山の中に足を踏み入れていた。

もちろん、さっきの山ではないけれど、もうしばらく上り坂も下り坂もいらない気分だ。

「ほーら、あそこ！」

やがて見えてきた川に、さらに既視感（きしかん）を募（つの）らせる。川と山、しばらくは行かなくていいかな。

「大丈夫だ、もうすぐそこだ」

苦笑したテンチョーさんが指さしたのは、川の向こう岸。だけど、向こう岸はごつごつと岩が剥き出しになった山肌で、何があるわけでもない。

「なんか、大変なことになっちゃったけどさー、元々これを見せたかったんだよね」

どれを？　訝しげなオレたちの視線に、先輩2人が微笑んで頷き合った。


「うわぁ、こんなところから入れるんだ！」

「そうだろう？　アレックスが川に落ちなければ、見つけられなかった場所だ」

「ちょ、テンチョー！　それ言う必要あった⁉」

オレたちは岩の隙間から滑り込むように、山肌の内部へと入り込んでいた。

テンチョーさんの氷魔法で橋を渡した先にあったのは、ささやかな亀裂。大きな岩が目隠しとなり、対岸から見えなかったけれど、そこにはオレたちがなんとか通り抜けられるだけの隙間があった。服を土まみれにしながら侵入して、わあ、と口を開けた。

「すごい、秘密の洞窟になってるんだ……」

大きな木の根が所々壁から覗き、入り口からの光と、ほのかに光を帯びた苔や鉱石が光源を確保している。オレたちが見つめる先には、こんこんと湧いた小さな小さな泉があった。水たまりと言ってもいいほどの小さな泉は、しかし底から光が湧いてくるように煌めいている。

「ここは、なに？　すごいね……」

洞窟特有の淀んだ空気が微塵も感じられない。胸いっぱいにしっとりした空気を吸い込むと、疲れた体がふんわり軽くなったような気さえする。

「ここを、お前たちに引き継ごうと思ってな」

「引き継ぐ？」

揺れる光を瞳に宿し、オレはことんと首を傾げた。

「そ。ここはさ、特別な場所ってわけ。そりゃ、俺たちにとっての大事な場所なんだけどさ、俺たち以外にとっても大事な場所だったみたいでね」

ちょいちょいと手招きされ、オレたちは狭い洞窟内の岩陰に身を隠すように座り込んだ。

「どうして隠れるの？」

「しーっ、見てなって。早朝か、このくらいの時間の方がいいみたいでさ。運がよければ……」

首を傾げていると、ふと周囲が明るくなった気がした。

「あ、光が……」

「光って？」

訝しげなアレックスさんの様子に、慌てて口をつぐんだ。あれ？　これは普通には見えない光？　オレの目には、ほのかな光が泉から零れるように、淡く優しく広がっていくのが見える。

「……お前、何を見てんの？」

やわやわと広がっていく光に口元を綻ばせていると、タクトがオレの頬をつついた。

「あのね、泉が光ってるよ。ふわふわ光って、とてもきれい」

「へえ～あの時みたいだね～！　ほら、パプナちゃんの～」

妖精の道、だっけ。確かにその時の雰囲気に似ている気が――。

あ、と声を上げそうになって口元を押さえた。

ぽちゃん！　ぴちゃん！

「お、お前ら運がいいな！　来た来た！」

アレックスさんがさらに岩陰に体を縮め、にんまり笑った。

「あれ～？　泉に波紋……これってやっぱり～？」

「ユータ、妖精なのか？」

2人がオレに視線を集中させる。オレはしばし逡巡して、こくりと頷いた。

先輩たちなら大丈夫。それに、彼らはきっと知っていたんだろう。

「ユ、ユータ、まさかお前、見えるのか？」

「ええーっ、マジで？　いいな！　な、本当に妖精が来てんだよな!?」

つい大きくなった先輩たちの声に、波紋も水しぶきもピタリと消えた。しまった、と慌てて口を閉じた先輩たちが、不安げに泉を見つめる。

――だけど。あのね、あんまり心配はいらないと思うよ。

オレは吹き出しそうになるのを一生懸命堪えた。

妖精さんたちは、逃げる素振りもなかった。興味津々（しんしん）で飛んでくると、泉を見つめる先輩たちに小首を傾げる。頬に触れそうな距離で彼らに並ぶと、何をそんなに見つめているのかと視線を辿った。２人の真剣な様子に、面白いものがあるはずだと思ったんだろう。

並んで一生懸命泉を見つめる先輩と妖精さんに、とうとう吹き出してしまった。

「ユータ!?」

焦る先輩の声に、気付いた妖精さんがオレを振り返った。

『え？』『ゆーた？』『あれー？』

あーあ、見つかっちゃった。ラピスの見つかりにくくする魔法もかけてもらったんだけど、さすがにバレちゃうね。

くすくす笑って立ち上がったオレに、妖精トリオが明滅しながらくるくる周囲を舞った。

『あれー？　ゆーたたちがいるー』『どうしてこんなとこにいるのー？』『あえたー！』

オレだってびっくりしたよ！　まさかこんなところでいつもの妖精トリオに会うなんて。

「久しぶり！　あのね、先輩たちがここに連れてきてくれたんだよ。２人はここを守ってくれていたんだ」

呆気に取られる先輩２人を示すと、妖精トリオは目を瞬かせた。

『ばれてたー？』『おこられちゃうー』『まもるの、ありがとうー』

オレの様子を見て、タクトとラキも立ち上がる。

「あれ～もしかして、いつもの妖精さんなの～？」

「お？　あいつらなのか？」

『いつものー！』『もしかするの～』『ひさしぶりー』

妖精トリオが方々に跳ねたタクトの髪を持ち上げて遊んだ。傍目(はため)には髪がぴょこぴょこ動いているように見えるのだろうか。

「お、お前たち、妖精に知り合いがいるのか……？」

「なんだよー！　俺らの人選カンペキってことじゃん！」

今度はラキの髪がさわさわと動き出し、先輩たちの目を釘付けにする。

こんな身近なところに妖精の道があったんだね。清浄な空気を感じるのはそのせいだろうか。

「チル爺はいないの？」

『いるとおこられるー』『みんなのひみつー』『こどもだけー』

どうやら妖精の子どもたち限定の秘密基地みたいなものだろうか。それならなおさら、先輩たちが守ってくれていてよかった。

「――そうか、意味があったならよかった」

「俺ら、割と活躍したんじゃない？　人目につかないように、魔物が入らないように、色々工夫していたんだぞ！」

誇らしげに微笑んだ2人に、妖精トリオが視線を交わした。

『ありがとー！』『ちょびっとだけどー』『みえるー？』

「……？　うっすら、見えるぞ！」

隠密(おんみつ)状態を切ったらしい。ラキとタクトもハッと妖精トリオに視線を合わせた。

「うわすげー！　本当に妖精じゃん!!」

喜ぶ2人の元へ飛んだトリオが、チュッチュとほっぺにかわいいキスをした。

声もなく固まる2人に手を振ると、再び隠密状態になって泉へと身を翻す。

『しゅくふくー』『じゃあねー』『またねー』

「うん、ばいばい！」

手を振るオレを見て、察したラキとタクトも泉に向かって手を振った。

「じゃーな！」

「またおいでよ～」

そんなオレたちを尻目に、先輩たちはまだ呆然としていた。

「――妖精の祝福？」

「そうだ。迷信みたいなものではあるが、まさかこの身に受けるとは」

どうやらさっきのキスは、妖精の祝福と言うらしい。シロ車に揺られて帰りながら、先輩たちはまだぼうっとしている。とても名誉なことだそうだけど、証明書があるわけでなし、他人に知らしめる方法がないのが残念だね。

『主ぃ、そういうコト言いふらしたい奴は、とてもじゃないけど受けられない祝福だぜ！』

『でもまあ、あの子たちのことだから軽いノリでやってそうね……』

確かに。あんまり何も考えてはいなさそうだ。一応、ささやかな効果があると言われている。毒物に強くなるとか、運がよくなるとか、魔力が強くなるとか……。でも何せ証明できないので、具体例が少なくて、色々と噂の範疇を出ないみたい。

「そういえばユータは、妖精の祝福を受けていないの～？」

ラキの視線を受け、そういえばと思い返してみるけれど、受けた覚えはないなぁ。

――ラピスがいるのにやっちゃ失礼なの！　ティアもいるの！

そうなの？　先着順？　ラピスたちと妖精さんは繋がりがありそうだもんね。色々とルールがあるんだろうか。

翌日、ギルドへ顔を出すと大騒ぎだった。

コトの顛末は説明してもらっているので、『呪晶石による魔物の凶悪化事件』として問題なく手続きは進んでいる。

「いっぱい褒められたね」

「そうだね～、多分もう次のランクアップできるね～」

盛大に褒められ、ギルドからの報酬と追加の討伐料金ももらい、お財布が一気にほっかほかだ。何より、怒られなくてホッとした。だってギルドに行くと、割と怒られるから。

「今回は運が悪かったんだもんね！」

「そうだね～無茶しようとしたわけじゃないし、あと、早々にギルドや村に報告したし～」

……それって先輩たちのおかげだったり？　だってオレたちだと、普通に川で片っ端からバラナス狩ってそう。最悪の場合血の臭いに惹かれて、あのデカブツが村の近くまで下りてくるなんて事態になっていたかも。……冒険者って、難しい。

「だけどさー、相当強い魔物だったのに！　なんか納得できねえ！」

不満顔のタクトが、ボロボロになった鞘を見つめて唇を尖らせている。だって、浄化したら柔らかくなっちゃったんだもの、仕方ないよ。

あの魔物は確かに強かったけれど、最も苦労した部分はあの鱗だった。だけど、浄化で変化しちゃったから……。子ども3人の意見では、なかなか丸ごと信じてはもらえないだろう。

オレにとっては目立ちすぎなくてよかったけれど、タクトは当然ながら面白くないようだ。

「ドラゴンを倒す予行練習ができたと思えば、いいんじゃない～？」

「……まあ、そうだな。努力は人知れずするもんだぜ！　俺はいずれドラゴンを倒すんだからな！　そうとも、あの程度惜しくないぜ！」

ドラゴンは多分、浄化しても鱗は柔らかくならないだろうしね。あんな怖い思いをしたけれど、それでもドラゴンを倒したいと思うタクトがすごい。オレ、戦いたくないけどな。

「なあ！　ドラゴン倒す作戦考えようぜ!!」

にっと笑ったタクトの笑顔に、本当にいつか倒してしまいそうだなと苦笑した。


「はぁ～……」

温泉に浸かったおじさんのように、腹の底から吐息が漏れた。ああ、癒やされる。やっぱり心身の削れた時はこれに限る。

オレは両手いっぱいに漆黒の被毛を抱え込んで、顔ごとすり寄せた。

今日もいい日陰を見つけていたんだろう。ほどよくひんやりとした柔らかな毛並みが、顔を、耳を、首筋を、やわやわとくすぐって撫でた。

戦うのって、やっぱり心がほんの少しささくれる気がする。その時は気がつかないけれど、こうしていると、心の表面が滑らかになっていくような……そんな気がして。

こういう時のルーは何も言わない。

いつもお話には生返事だし、素っ気ない態度だけど、やっぱりちゃんとオレのことを見てくれているのかなって思う。

オレだって、ルーのことをたくさん見ているんだけどな。だけど、ただのヒトでしかないオレには、ルーのことを知り得るだけの知識も、力も足りない。

サイア爺は、色々知ってるんだろうか。次代の神獣候補のマーガレットだって、オレよりルーのことを知っているだろう。ルーは、オレを次代じゃないって言った。だけど、次代になれば、ルーのことをもっと知ることができるんだろうか。

存分に堪能して体を離すと、オレの形に毛並みが乱れて、黒々と痕跡を残していた。そっと小さな手を滑らせると、つやつやと光を反射する煌めきが戻っていく。

スフィンクスのように微動だにしない姿は、雄々しくて、神々しくて、それに触れられる喜びが湧き上がってくる。そして、『触れることを許されている』ことへのささやかな誇らしさが胸をいっぱいにした。そっと見上げた金の瞳は、オレがいることを気にも留めないように、泰然と遠くを見つめている。機嫌よさげなしっぽと草木だけが、視界の中で揺れていた。

ふと、ピピッと動いた耳と共に、深い金の瞳がちらりと閃いた。

（あ……オレを、見た）

確かに映ったオレの姿を認めて、ふわっと口角が上がる。

「ねえ、ルー」

こっちを見て欲しいな。その金の瞳で。緩む顔を抑え切れないまま、期待を込めて見つめた。

「……なんだ」

訝しげにしたルーが、ごそりと姿勢を変え、顔ごとこちらを向いた。望み通り真正面から合わされた神様の瞳を、惚れ惚れと見つめ返す。

闇夜に浮かぶお月様みたいだね。漆黒の中でそこだけ煌めく瞳は、見つめているとぼうっとしてしまいそうだ。

「……おい」

「わっ⁉」

ばふっと顔一面が黒で覆われて、後ろへひっくり返りそうになる。

「いきなり、何⁉」

両手で大きなしっぽを抱えて抗議すると、両の瞳が不満げに細められた。

「何、じゃねー！　それは俺のセリフだ」

ああ、オレが呼んだんだっけ。こっちを見て欲しかったなんて言ったら、きっと怒るだろう。

オレはちょっと考えて、そういえばと顔を上げた。

「あのね、呪晶石ってあるでしょう？　どうして魔物が引き寄せられるの？　あれは何？」

ルーは、細めていた瞳を少し見開いた。髭がふわっと広がり、耳がこちらに集中した。

「……邪の気配に引き寄せられるからだ。元々邪に寄った生き物だからな」

逡巡した末に、ルーは珍しくちゃんと応えてくれた。

「邪の気配？　あの呪いとか穢れが、邪の気配ってこと？」

「そのようなものだ。水や火の魔素のように、邪の魔素とも言える」

邪の魔素！　そうか、じゃあ呪晶石は邪の魔石ってことだね。少し性質は違うけれど、ちょっと特殊な魔素と考えると、色々腑に落ちる気がする。だけど、ルーやサイア爺の穢れを祓う時に残る魔石は、呪晶石と少し違う。

そういえば、出会った頃に言っていた。神殺しの穢れは、『邪神の最期の呪詛』だって。大昔に、邪神っていうのがいたってことだろうか。邪神っていうなら邪に寄り切った存在だろうし、そりゃあ、直接の呪詛なら他とは桁が違うんだろう。

「邪神、かぁ……なんか、すごいね。穢れが祓えてよかったね」

今ここにあるルーの命が嬉しくて、ぎゅうっと抱きしめた。

「すごい、とかいうレベルじゃねー」

フン、と鼻息を漏らしたルーが、じっとりとした視線を向ける。きっと、穢れを祓うには相性があるんだろう。火には水、みたいに。

「あ、じゃあ、邪があるなら聖の魔素もあるの？」

「ある」

…………。あれ？　それっきり前足に顎を乗せて目を閉じたルーに、続きを待っていたオレは拍子抜けした。どうやらちゃんと説明してくれるモードは、もう時間切れのようだ。

——聖の魔素は知らないの。だけど、聖域は違うの？　心地いい気配でいっぱいなの。

あ、そっか！　それだ！　聖域にある魔素は、きっと聖の魔素だろう。なるほど、聖の魔素には精霊や天狐なんかが惹かれて集まってくるんだね。

「聖の魔素かぁ。……オレ、気になっていたところがあるんだ」

いつかこっそり行こうと思ってたんだ。他の人がいると、変に思われるかもしれないから。

——どこなの？　何が気になったの!?

勢い込んで尋ねるラピスが、妙に瞳を輝かせている気がして首を傾げた。

辺りは既に暗かったけれど、気になりだしたら行ってみたくなって。ラピスもやけに乗り気なので、つい来てしまった。

「やっぱり、ここは気持ちいいね。聖域ってこんな感じなのかなって思ったんだ」

あの時は、あまり落ち着いて探索できなかったもの。泉から零れる淡い光の中、大きく深呼吸した。先輩たちの秘密の場所。妖精の子どもたちの秘密の場所。

「いっぱいだね。生命の魔素……」

生命の魔素が豊富な場所は他にもある。例えばルーの湖。あの湖は、心地いい生命の魔素が濃密になっているような感じがする。そしてここは、生命の魔素が湧き出しているような感じ。似たようでも、雰囲気は違う。三角に膝を立てて座り込むと、揺れる水面をぼうっと見つめた。

「聖の魔素って、やっぱり生命の魔素なのかな」

今までもそう感じることがしばしばあった。だから、生命の魔素は他と性質が違うような気がするのかもしれない。

じゃあ、邪の魔素と魔物みたいに、もし生命の魔素を取り込んだら、ラピスは強く——あ、そうか。それでオレの魔力を取り込んで眷属(けんぞく)を生み出してるんだ。鶏が先か卵が先か、みたいな話だけど、もしかすると管狐が生命の魔素で強力になった姿が、天狐なのかもしれないね。

心地いい気配に抱かれて、うとうと夢うつつで考えを巡らせていると、ふと奥の方から気配を感じた。いつの間にか伏せていた頭を上げて、こしこしと寝ぼけ眼を擦る。

「なんだろう、何か……ううん、誰かいるような気がする」

もしかして、妖精さんが来ているんだろうか。

一瞥して見届けられるような小さな洞窟の中、オレが見つめる先はただの土壁があるばかり。

だけど、そこが妙に気になる。オレはぽんぽん、とお尻を払って立ち上がった。


「だあれ？」

一見、誰もいないけれど、一応声をかけてみる。妖精さんならイタズラして隠れているかもしれないし。しばらく土壁を眺めてみたけれど、誰も、何も現れない。

誰かいると思ったのは気のせいだろうか。うとうとしていたものだから、溢れる生命の魔素で勘違いしたんだろうか。だって、こっちから生命の魔素が湧き出しているような気がして。

オレは、もう一歩壁に近づいた。もしかして、この山から魔素が溢れているんだろうか。

そっと壁に手を触れようとした時、てっきり地層か何かだと思っていたものが、大きな木の根だと気がついた。

「なんて大きな根っこ……」

土壁から一部が剥き出しになったそれは、悠々と土壁を横断して再び地中へと姿を消している。掘り出せばどのくらい大きいんだろう。見える範囲でも、オレの両腕で抱えられない大きさがあった。根っこなのに、そこらの木の幹より太いなんて。

引き寄せられるように触れて——

「えっ——？」

思わず手を引っ込めた。思いも寄らない出来事で、半ば微睡んでいた意識が覚醒する。

「これ、木……だよね？　根っこだよね？」

まじまじと鼻がくっつきそうな距離で見つめてみても、やっぱりただの根っこに見える。

しばし思案したあと、再びそうっと手を触れた。

小さな丸っこい手が滑るにつれ、ザリザリと土が落ちる。固くて、表面は案外滑らかだ。しっとりと冷たくて、行き渡る水の気配を感じる。

うん、どうあってもこの感触は根っこだ。大きすぎるってことを除けば、他はごく普通の根っこだ。——だけど、どうしてだろう。

「生き物みたいな……。あ、木も生きてはいるんだけど、そうじゃなくって……」

もどかしく言葉を探した。変な感じだね、木よりももっと能動的な生き物の気配。動物とか、ヒトとか。それに、どこか覚えがあるような。

「ピピッ」

小首を傾げていると、肩のティアがスサーッと片翼をスカートのように広げて伸びをした。

居心地よさそうな様子に、くすっと笑う。ティアは穢れや嫌な気配に一番敏感だから、生命……聖の魔素が豊富なこの場所は気持ちいいんだろうね。

ふわふわの頭を軽く掻いてやると、目を閉じてうっとりしている。

「……あ、そっか！　ティアだ。ティアに似てる気がする」

『何が似ているのかしら？』

「あのね、この根っこが生き物みたいに感じるんだけど、その気配がちょっとティアと似ているような……？」

言いながらちょっと自信がなくなってきた。だって、どう見ても根っこだもの。

『ティアも元々は植物なんでしょう？　だから似ているんじゃないの？』

『ふーん、じゃあこの根っこも鳥になるのか？　俺様ちょっと齧ってみようか？』

痛かったら逃げるだろう、なんて言うチュー助に苦笑した。こんな大きさの根っこだよ？もしこれが生き物だったら、とてつもない大きさじゃないかな。チュー助なんて米粒以下だよ？

『ふ、ふん。俺様、身動きの取れない者を痛めつけるような真似(まね)はしないぜ！』

『おやぶ、しゅてきね！　やしゃしいねー！』

『そ、そうだろう！　ヒトには優しくするもんだぞ！』

アゲハのきらきらした視線は、何よりチュー助の行動を正しく導いてくれる気がする。まるで、お互いが鏡だね。

「じゃあ、この木ももしかすると、フェリティアみたいに特別な木なのかもしれないね。ティアみたいに何か役割が――」

オレは、はたと気がついた。フェリティアって、確か……。思わず見つめたティアは、羽繕いをやめてオレを見上げた。丸い瞳がぱちぱちと瞬きする。

「フェリティアは、世界樹の、目……」

まさか、これが？　オレの小さな胸がどきどきと高鳴った。

「世界樹の、根っこ――？」

ほんのり上気する頬で根っこを撫でると、ティアが羽を鳴らして飛び立った。

「ピッ!!」

正解、と言われた気がする。どこか嬉しげに飛んだティアが、ちょんと根っこに止まる。

と、ぽうっと小さな体が輝いた。

パタタ、と飛び上がれば光が消え、根っこに触れると光る。まるでコンセントを抜き差ししているみたい。やっぱりティアと世界樹には明確な繋がりがあるんだな。

『あなた、もっと美しい表現はないの!?　神秘的な現象じゃない!?　電球じゃないのよ！』

そんなこと言われても、まさに電球みたいなんだもの。

その時突如、白い綿毛がオレのほっぺに体当たりする勢いで飛んできて頬ずりした。

——やった、やったの！　ついに見つけたのー!!　ユータ、ちゃんと自分で見つけたの！

だからちゃんと行けるの！

群青の瞳をきらきらさせ、ラピスが全身で喜びを表現していた。

「行ける？　ちゃんと？」

——そうなの！　いつかユータも一緒に行こうと思ってたの！　だけど、自分で『道』を見つけたなら安心なの！「きょうきょうとっぱ」しなくてよかったの！

強行突破、かな。うん、さっぱり分からないけど、なんにせよ不安しかないラピスの強行突破が実行されなくて本当によかった。

——これでユータは資格を得たの！　だから——行けるの、聖域に！

「せ、聖域!?　オレが、行けるの!?」

これから行く？　今行く？　とそわそわするラピスをなんとか落ち着かせて、オレも深呼吸して座り込んだ。聖域って、ラピスの故郷みたいなものだ。いつか行こうねと言っていたから、てっきり行こうと思えば行けるものだとばかり……。ラピスの口ぶりからするに、それはどうやら強行突破に当たるようで。

——でも、ユータだからいいと思うの。ラピスは大丈夫だと思うの。

どうしていいと思ったのかな……？　それはなんの安心材料にもならなくて、苦笑した。だからあまり熱心には誘わなかったんだね。珍しいと思ったんだ、ラピスならもっと強く行こうと誘ってくると思っていたから。

——じゃあティアに今から行くって言えばいいの。それでラ・エンも分かると思うの！

そんな、友だちの家に行くようなノリで……。ティアは電話でもメールでもないよ？　そして、ラ・エンって確かラピスたちの長だったはず。一番長く生きている、ってラピスは言っていた。それって米国へ遊びに行くために、大統領に電話するようなものでは？

「行ってもいいのかなぁ……」

『資格があるって言うんだから、行っちゃえばいいのよ！　きっと美しい場所よね！』

珍しくモモまで乗り気で、まふまふと伸び縮みしている。

どうやって行くの、とは言わない。オレは無意識に撫でていた根っこを眺めた。これが世界樹だと意識した途端、『道』が見えた。感じた、の方が正しいのかな？　触れていると、まるでダンジョンの階層を移動する時のような、魔素の流れを感じる。これに身を委ねれば、きっと行ける——聖域へ。

『どんなところかな？　どんなヒトがいるの？』

シロがうきうきと脚を弾ませて、オレを見つめた。

『赤い実、おいしかった』

ああ、女神の聖珠！　あれは聖域で実をつけるって、ルーが言っていたもんね。紫の瞳も期待を込めてオレを見つめている。

――ユータ、行くの！　ラ・エンは物知りなの。聞きたいことはないの？　きっと色々教えてくれるの！

色々と……。オレの脳裏を、漆黒の獣が掠めた。知っているのだろうか、あの美しい獣のことも。早く早くと急かすラピスを撫で、オレは腹を括った。

「うん……。じゃあ、ちょっとだけ。いつもラピスがお世話になってますって挨拶するだけね」

――お世話になってないの！　……今は！　だってラピス強くなったの！

そっか、ラピスが魔法を使えない時、きっとたくさん助けてもらったんだね。なら、お礼だけでも言いに行こう。

いつの間にか泥だらけになっていた小さな両手。両手で根っこに触れると、目を閉じた。

「ピッピ！」

案内は任せろと言いたげなティアの声に、オレは安堵して温かな魔素の流れに身を委ねた。

7章　世界樹のもとへ

オレは今、どうなっているんだろう。

淡い意識がやんわりとオレを繋ぎ止め、ただ不思議に思う。熱くも冷たくもない光の中で、完全に脱力した体は……体？　あれ？　そもそも、体はあるのかな？

オレは今、目を開けているんだろうか。この光は、オレを包んでいるんだろうか。それとも、これがオレなんだろうか。

当たり前だったことが、分からなくなった。体ってどうやって動かしていたっけ。息をするのってどういうことだっけ。分からないけれど、もうこれでいいような気もする。

だって、心地いい。深い海の底でたゆたうような、高い雲の上で眠りにつくような。

「ピピッ！」

ティアの声が聞こえた気がして、どうやら開いていたらしいまぶたを、もう一段階開けた。

――ユータ、ユータ⁉

ラピスの心細げな声が聞こえて、頬にぺちぺちと小さな肉球を感じる。

……すぅ、はあ。

自(おの)ずと胸郭(きょうかく)が動いて、開いた目にはたくさんの緑が映り込んだ。弛緩(しかん)していた口元が締まって、こくっと喉が鳴った。小さな胸を満たした空気が、きらきらと体の中を通り抜けていく。

「……あれ？　オレ、ぼうっとしてた？」

ちゃんと立っている自分にむしろ驚いて、ゆっくりと瞬いた。大きく深呼吸すれば、小さな胸がいっぱいに膨らんで上下する。ちまちました手を握って、開いてみる。

思った通りに体が動く。すごいものだな、なんて他人事みたいに思った。

――ユータ、大丈夫なの？　動かないから、心配したの。

すり寄ったラピスを撫でると、ごめんね、と微笑んだ。

「オレの転移の時みたいだったよ。ふわっと広がって……それが長く続いたみたい」

大丈夫だよ、と笑うと、垂れていた耳がようやく持ち上がった。

『……溶けてしまうかと、思うたよ』

ゆったりとした声が、波紋のように広がった。覚えのない声に戸惑って見回したけれど、辺りは一面の緑。そして、視界の一部を木製の壁が遮っていた。

――ラ・エン、ユータが来たの！

嬉しげに肩で跳ねるラピスの声に、思わずぎょっとした。

だって、それ、長でしょう!?　そんな、いきなり登場するとは思わないよ！

「ら、ラピス⁉　それって天狐のお偉いさんでしょう？　いきなり会ったりしたら失礼だよ！　ちゃんと手順を踏んで……」

慌てるオレを、群青の瞳が不思議そうに見つめた。

――ラ・エンは誰でも会っていいの。いつでも会えるの。それに、天狐じゃないの。

「えっ？　違うの？　だって天狐や管狐の長でしょう？」

オレは、小さなお偉い毛玉を探して彷徨わせていた視線を戻した。

――そうだけど、違うの。ラピスたちも、ラピスたち以外も、全部の長なの。ユータは聖域の一番奥まで来たの。きっと、ラ・エンに会いに来たの。

「えっ⁉　つまり聖域の長⁉　そんなすごい人に会えないよ！」

オレはぶんぶんと首を振って後ずさった。それって精霊王とかでしょう⁉　脳内イメージ画像は煌びやかな衣装のチル爺だったけれど、きっともっと荘厳で近寄りがたい人に違いない。世界樹を辿って聖域に来たら、最深部まで行ってしまうの？　それともティアの導きがあったからだろうか。何はともあれ、そんな王様みたいな人に会うのはご遠慮願いたい。何かと王様やお姫様なんかと知り合ってしまうオレだけど！

慌てふためくオレのことなど知らぬげに、声は変わらず穏やかに響く。

『――おいで。類い希なる器の子』

類い希なる器？　不思議な言い回しに首を傾げた。どうやら、オレからは見えないけれど、ラ・エン様には見えているらしい。直接招かれてしまえば、断る方が不敬になってしまう。

——ユータ、行くの！　ラ・エンは時々変なものの言い方をするから、気にしなくていいの！ら、ラピス!!　慌てて小さな口を押さえたけれど、ラピスは気にした素振りもなく、ラ・エン様の穏やかな雰囲気も変わらないことにホッと安堵した。どうやら本当に気さくな方らしい。

——早く行くの～！

ラピスに急かされるままに、大きな木の壁へと歩き出した。

ああ、ちょっと変だなと思ったんだ。こんな森の中、遥か高くそびえ、どこまでも続くこの壁。なんのための建造物かと思ったけれど、そうじゃない。触れる距離まで近づいて見上げてみたけれど、上端が見えなかった。そっと触れてみると、ずっとはっきりと感じるあの感覚。

まるで、生き物……。撫でた木壁は、継ぎ目などなく滑らかで、だけどデコボコしていて、そして、鼓動まで聞こえそうだった。

「……これが、世界樹……!!」

オレの目では、どこまでも続くただの木の壁にしかなり得ない。世界樹を木と認識するには、どのくらい離れて見る必要があるんだろうか。本当に大きなものって、小さな者からはその大きさを知ることはできないんだな。

自然と世界樹に手を触れながら歩いていると、ふとラピスが先へと飛んでいった。
慌ててあとを追って駆け出した足が、ピタリと止まる。

「で……っかい……」

『ああ、本当によい器の子よ。ようやっと会えたものだ』

まるでホールのように木々が拓けたそこには、世界樹にもたれかかるように巨大な生き物が座していた。オレの頭ほどもある巨大な金の瞳が、柔らかな光を湛えてオレを見つめている。

「ど、どら、ごん……？」

目を逸らすこともできないまま、喉を上下させた。

――ユータ、これがラ・エンなの！

ラピスは竜の背を滑り台よろしく滑っては、きゃっきゃとはしゃいでいた。

森の中にしっとりと馴染む、巨大な存在。落ち着いた緑や茶色を基調とした体色は、その穏やかな心を表しているように思えた。スッと伸びた首、がっちりと猛々しい体躯。そして、大きな口から覗く牙と、大きな翼。

戦うに適した強者の造形は、雰囲気と相反するようにも、強き心の在りようにも見えた。

「は、はじめまして……？」

唖然とする頭を叱咤してなんとか挨拶すると、目を逸らすこともできず巨体を見つめた。

これは、ドラゴンだ。これが、ドラゴン。

だけど、その鱗は光沢が失われ、長いタテガミは既に半ば白っぽくなっている。

『一番長く生きている』、その言葉が頭の中に響いた。

「……だけど、どうして？」

生き物が年老いていくのとは明らかに別の現象に、オレは困惑してその老竜を見つめた。

「だって、だってそれじゃあ動けないでしょう？　どうしてそんなことに……」

逞しかったであろう四肢も、自由に空を飛ぶはずの翼も――それでは意味がない。

表情を曇らせるオレを見て、ラ・エン様はゆったりと微笑んだ。その右の半身を、世界樹に埋めたまま。老竜は、まるで融合するように木壁に溶け込んでいた。

『やりたくて、しておるよ。他に方法を思いつかなかったものでなぁ』

「方法？」

『そうとも、私と、私以外が生きながらえるための方法。おかげで随分と長く生きておるだろう？　何も悲しいことはない、そんな顔をするものじゃないよ。ほら、どうしたね？　泣きべそをおやめ』

からからと笑う声に、憤慨して金の瞳を見つめ返した。泣きべそなんて、かいてないよ！

「ラ・エン様は――」

『私にそんな物言いをする必要はないよ』

遮られて小首を傾げると、ひとつ頷いた。

「ラ・エンはどうしてそんなことをしたの？　オレ、何か力になれる？」

『ふーむ、あることもなく、ないこともなく』

ラ・エンはそう言って、楽しげにタテガミを揺らした。

「何？　オレにできることって何があるの⁉」

勢い込んだオレに、ゆったりとラ・エンが顔を寄せた。頭の位置が下がるにつれ、サラサラとタテガミが流れて目元を覆っていく。金色の澄んだ瞳が隠れたことが残念で、つい爪先立ちで手を伸ばした。そうっと目元を避けて後ろへ流すと、案外重い感触が伝わってくる。繊維が太くて、重い。だけど、しなやかで柔らかかった。

『ありがとう、まだ幼き器』

間近にある大きな瞳が少し細くなった。また変化した呼び名に首を傾げる。

「器って、どうして？　何の器なの？」

『さて。私がそう思うからそう呼ぶにすぎぬよ』

はぐらかすような返答に、唇を尖らせた。

――ラ・エンは好き勝手に呼ぶの。だから、ちゃんと名前を教えるの。ラピスも、変な名前で呼ぶからちゃんと教えてあげたの！

偉そうに鼻先を上げたラピスに、ラ・エンはますます目を細めた。まるで孫を見るような愛しげな金の光。

『覚えておるよ、若き可能性のラピス。よい名をもろうたな』

──『ラピス』だけでいいの！　ラピスはもう若くないの、オトナなの！

ラ・エンからすれば、他の生き物全てが若いことになるんじゃないかな。憤慨するラピスに、大きな竜はからからと笑った。

『では、そなたも名前をくれるのかな？』

ついと金の瞳は視線を滑らせると、ラ・エンはそのままオレにも温かな光を注いだ。

ああ、どうしてラピスがそんなにも物怖じせずに話せるのか分かる気がする。大きな瞳から確かに伝わる光は、むしろ切ないほどに小さな胸を満たした。

……大きいな。ラ・エンは本当に大きい。

惜しみなく注がれて胸の内を満たすのは、愛される心地よさ。何を言ったって、どんな態度を取ったって、ラ・エンがオレを見る目が変わるはずがない。

だって、ラ・エンはオレというひとつの命を愛している。

それは、世界樹のように。ラ・エンの場合においてだけ、揺らがない感情。それが失われることがないという確信は、こんなにも心を安定させる。

オレはぎゅっと大きな頭にしがみついた。ラ・エンはオレの名前を知っているだろう。だけど、きっとオレが名乗ることに意味があるんだ。

「うん。……オレはね、ユータだよ。あのね、元の名前は――」

もう、とうに忘れていた名前が浮かんで、そっとその耳に吹き込んだ。きっと、二度と使わない名前、ラ・エンの中に置いていこう。

何も事情を知らないはずのラ・エンは、ただじっと聞いて瞬いた。

『……ユータ。よい名だ』

その口からオレの名前が紡がれたことに、震えるほどの誇らしさを感じる。そっと首をもたげた竜と正面から瞳を合わせ、オレは上気した頬で微笑んだ。

『では、私も改めて名乗ろうか。しかと聞いておくれ』

少しイタズラっぽい顔をしたラ・エンに、オレは真剣な目で耳を傾けた。

『私の名は、ラルコキアス・ガナ・エンディーナ。……ラ・エンと呼んでおくれ』

え、と瞳を見開く間もなく、胸の内に温かな光が宿った。

『ルーディスに、怒られてしまうな』

呆然とするオレの前で、真名（まな）を告げた竜の神獣は楽しげに笑ったのだった。

「これ、真名……？　あの、オレ、真名を聞いちゃってよかったの？　会ったばっかりなのに……。真名って加護なんでしょう？」

最古の神獣の加護、それも聖域の主の加護。恐れ多いなんてものじゃない。何かの間違いなんじゃないかと、ひとり焦ってラ・エンを見つめた。

『そなたは私を知らないが、私はそなたを知っているよ。……この世界に来た頃から、ずっと。今日、ようやく会うことが叶った』

暗に別の世界から来たことまで知っているとほのめかされ、どきりとした。ラ・エンは、そんなことまで知っているんだろうか。どうして知っているんだろうか。

「ピッ！」

優しく髪をついばまれ視線を移動すると、ティアがパタタッと飛び立った。

「あ、ティア！」

小さなティアがちょん、と竜のツノに止まると、ぽうっと光を帯びた。世界樹の根っこに止まった時みたい。まるで世界樹と融合したようなラ・エンの姿。それは、本当の意味で世界樹とひとつになっているということだろうか。

『知らなかったかな？　フェリティアは世界樹の目。私の目でもあるよ』

「ピピッ！」

誇らしげに胸を張ったティアは、再び羽ばたいてオレの頭に乗った。

「あ……世界樹の目って、そういう……!!」

確かに、そう言っていた。でもそれって、伝説のようなものかと……。だって、世界樹は樹(き)だもの。見るっていうのは象徴的なものかと思っていた。

『ティアと、世界樹と共に、私もユータを見ていたよ。ルーディスの加護が出張っているから大きなことはできないが、私自身にもユータと繋がりを持たせておくれ』

オレを見下ろして目を伏せたラ・エンが、自由になる片翼を広げた。一帯が日陰になるほどの大きな分厚い翼は、そっとオレの方へと伸ばされ器用にオレを抱え込んだ。

わぁ、あったかい。翼膜(よくまく)から直接伝わる体温は、とても高かった。だけど、ことんと寄りかかった体からそれは感じない。鱗があるからだろうか。それとも……。

「そうだ！　ねえ、オレは何をすればいいの？」

オレを抱き寄せたままうつらうつらとしていたラ・エンが、ぱちぱちと大きな瞳を瞬いた。

『ああ、そんな話をしていたのだったか』

真剣な瞳で見つめるオレに、ラ・エンも表情を引き締めた。

『では、ユータに頼んでも？』

大きく頷いて、きゅっと唇を結んだ。

『辛いと思うが、できるか？』

「うん！」

オレができることなら、なんだって！　絶対にやってみせるから！

『投げ出さずに、やり遂げられるか？』

「うん‼」

ぐっと拳を握って金の瞳を見つめ返すと、澄んだ瞳がふんわりと柔らかくなった。

『……分かった。では、任せよう』

ラ・エンは不自由な体で身じろぎすると、なるべく地面へと体を横たえた。

『……どうして、怒っているのかな？』

ラ・エンが堪え切れずに笑った。大きな体がふるふると震えている。

「怒ってない‼」

ほっぺが膨らんでいることを自覚しているけれど、目を閉じたラ・エンには見えていないはず。あ、しまった、ティアが見ているんだった。

だって、思うじゃないか。重要な任務だって。オレは、膨れっ面で小刻みに手を動かした。

絡み放題のタテガミは、まず毛先から順に梳かさなくてはいけない。サラサラと流れ落ちるように見えるタテガミも、いざブラシを通してみればこの有様。そりゃそうだよね、ラ・エンにブラシをかける人なんてここにはいないだろうから。

そう、オレはせっせとドラゴンのタテガミを梳いている。そりゃあ確かに重労働だけど、面積と手間でいえばルーの方が大変じゃないかな。ラ・エンはタテガミだけだもの。

『ふむ、このような心地なのか。よいものだ』

くたりと弛緩した表情に、少し機嫌を直した。オレだってドラゴンにブラッシングできるなんて、とても楽しい。徐々にスムーズに通り始めるブラシと共に、心も弾み出してくる。

――その通りなの！　ユータのブラッシングは、とっても気持ちいいの！

「「「きゅう！」」」

唱和するような声に周囲を見回すと、いつの間にやら管狐がたくさん舞っていた。繋がりを感じるということは、どうやら見知らぬ管狐じゃなく、みんなラピス部隊だ。そっか、ラピス部隊はいつも聖域で過ごしているんだもんね。

「あとで、みんなもブラッシングしようね」

にっこりすると、管狐たちが目まぐるしく飛び交い始めた。きゅっきゅと喜んでいるらしい様子に、あの数全部ブラッシングするのはなかなか骨が折れそうだと苦笑した。

8章　樹が熟する時

「――それでね、サイア爺に舞いを習ったんだけど、他の舞いも覚えろって言うんだよ！　全部覚えるのは大変でね、マーガレットもすぐ怒るし――」

『ほう、水の次代はそのように怒りっぽいのか。私も怒られるとかなわんなぁ』

ふうむ、と唸ったラ・エンに、くすりと笑った。ぼんやりと明るい森の中で、徐々に毛並みが光沢を帯びてきた気がする。ともすればひらひらと降り積もろうとする葉っぱを払って、滑らかにブラシを通した。

――ちゃんとラピスが言って聞かせておくの！　大人しくすると思うの！

「大丈夫、きっとラ・エンには怒らないよ！　それに、マーガレットは笑うとかわいいよ」

まあ、そうそうオレには笑ってくれないんだけど。

オレは、請われるままにいろんなお話をする。ティアはずっと一緒にいたんだから、知らないことなんてほとんどないと思うのに、ラ・エンはとても嬉しげに聞いてくれた。

『そうか、ラピスと仲が良いのだなぁ。サイサイアの爺と仲良くやっているなら、この婆（ばば）も好んでくれるだろうか』

ラ・エンはお婆さんなんだね。神獣だから、ヒトの姿にもなれるんだろうか。

――マーガレットは、きっとラ・エンも好きなの！　でもルーとは仲良くないの。

『そうか、ルーディスは相変わらずだ。だが、随分と柔らかくなった。あのようにヒトに気を許すような獣ではなかったよ』

オレは、ぴたりと手を止めた。最古の神獣、ラ・エン。きっとオレの知りたい全てを知っている。聞けば、答えてくれるだろうか。ルーの口からはなかなか聞けない、色々なこと。

『何か、聞きたいかな？　答えようか、私が知っていることなら』

穏やかな声が響いて、思わずピクリと肩を震わせる。オレは黙ってブラシを見つめた。

「……聞いたら、知っていることはなんでも教えてくれるの？」

ほんの少し、閉じていたまぶたが持ち上がって金の光が覗いた。

『そうさなぁ、なんでも、とまでは言えないか』

「じゃあ……。『なんでもは教えられない』のは、どうして？」

瞬いた金の瞳が、真っ直ぐ見つめるオレと視線を絡めた。

『ふうむ……』

面白そうな顔をしたラ・エンが、そっとオレに温かな翼を被せた。

『まだその時ではない、と思うからよの。正しく受け止め、正しく判断できる時に、初めてできる話もある』

「……そっか。オレはまだ信頼して話せる段階にはないってことなのかな」

それは、仕方ない。だってオレはまだこんなだもの。オレは、ラ・エンにだって、ルーにだって、なんでも話せると思うのに。

『そう、思うかな？』

眉尻を下げて微笑んだオレに、ラ・エンはそれだけ言った。

風のない森の中、オレたちが口を閉じれば、時折落ちる葉っぱの音さえ聞こえてくる。

オレが、そう思うだけ？　サラサラと流れるタテガミに指を通し、少し考えた。

ルーやラ・エンにはなんでも言える。それは違いない。だけど、それって相手は神様みたいなもの。例えばカロルス様にだったら？　ラキやタクトだったら？　みんな大好きで信頼しているけれど、全部話せるだろうか。どうしても聞きたいと言うのなら、言えるだろう。だけど、進んで話したくはないことがたくさんある。それは、どうしてだろう。

「……そっか」

きっと理由はひとつじゃない。だけど、それは決して信頼が足りないからだけじゃないね。

『そう』

ラ・エンはうっすら微笑むと、翼で慎重にオレを撫でた。押し込まれるように体を預け、すべすべした鱗に手を滑らせる。柔軟で滑らかな鱗。だけど、剣も魔法も通さない強い鱗。

「ありがとう」

『おや、答えはしなかったがなぁ』

からからと笑ったラ・エンが、ひらひら舞い落ちる葉っぱをふうっと吹いた。

『葉は、役目を果たして零れ落ちてくるものよ。実は、熟せばぽろりと取れるものよ。無理にもいでも、渋いやら酸っぱいやら』

独り言のような台詞が、オレの中に染み込んでいく。

知らないでいることが、相手を守ることだってある。引きちぎって樹を傷つけるより、落ちた葉っぱを拾い集めよう。それに、きっとしっかり熟した実は、甘くて美味しいに違いない。

答えがなくても、分かるものもあるんだね。どこか満足した心地でタテガミに指を通した。

小さな寝息に顔を上げると、いつの間にやら、待ちくたびれたラピスや管狐たちがタテガミに埋もれるように眠っていた。ごめんね、今度みんなブラッシングするからね。

新たにニリスまで増えている管狐部隊を眺め、落ちてくるまぶたを擦った。そういえば森の中が薄明るいから忘れていたけれど、きっと外は夜だ。

「ねえ、朝になったらここも明るくなる？」

『明るいとも。美しいものだよ』

そっか、よかった。世界樹が大きいから、ずっと暗かったらどうしようかと思った。ラ・エンのところにもちゃんと光が届くんだね。安堵と共にぽてんと落ちた頭が、柔らかな鱗にぶつかって慌てて頭を振った。どうせ寝ちゃうのなら、もう一仕事。

「ねえ、ラ・エン。オレ、これでもう3回目なんだ。それに、このくらいなら」

『うん？』

不思議そうに首を傾げたラ・エンに微笑むと、鱗の体を抱きしめた。

『!! しまった……バレていたのか』

ラ・エンは一瞬身じろぎ、流れ込んだオレの魔力に観念したように目を閉じた。隠していたの？　神獣が侵されるという神殺しの穢れ。だけど、ラ・エンはあまり侵食されていない。

「ピピッ」

誇らしげなティアに、にこっと笑う。そうだね、世界樹が浄化していたんだね。だから、きっとオレが浄化しなくても大丈夫だろう。でも、これはオレがラ・エンにできる数少ないこと。世界樹のお手伝いをして悪いことも、きっとない。

ラ・エンの体の奥底に押し込められた嫌な気配。そして、大きな体を巡る清浄な気配。

（オレ、手伝うよ）

ティアが導くままに、オレは世界樹の気配と手を繋ぐ。

これなら、大丈夫だ。大地に根を下ろした巨大なフィルターが、オレを助けてくれる。ふわりふわりと溢れる生命の魔素が、オレの髪を揺らした。世界樹は、浄化はできても取り除くことができなかったんだね。だから、『祓えない呪い』なのかな。

——ありがとう——

誰かに言われたような気がして、目を開けた。世界樹は、意思があるんだろうか。

「こちらこそ、ありがとう」

ずっと、ラ・エンを助けてくれて。それに、世界樹の生命の魔素がなければ、ルーだってもっと早く倒れていたかもしれない。オレはにっこり笑って、繋がっていた世界樹の手を離した。残ったのは、ころりと手のひらに転がる結晶だけ。

『……すごいものだ。悲しいかな、本当に類い希なる器よ』

ラ・エンが息を呑んでぼそりと呟いた。

「悲しいの？」

ふう、と力を抜いてもたれかかると、ラ・エンは目をしばたたかせた。

『さて。悲しくもあり、嬉しくもあり。ひとまず私が言うべきは……ありがとう。とても、楽になった。穢れがないとは、このようなものだったか。これで世界樹の負担も軽減される。だが、すまなかった……小さな体に負担をかけてしまったな』

バレていないつもりだったのだが、とラ・エンは大きな体をしゅんと縮込ませた。

「だって、オレは世界樹と同じ生命の魔素に適性があるんだもの、分かるよ！　それに、神獣が『神殺しの穢れ』に侵されるって知ってるよ。世界樹も手伝ってくれたもの。このくらい、ルーやサイア爺に比べたら、ちっとも負担じゃないよ！」

それに、このまま少し寝るつもりだから。これできっとよく眠れる。

力の抜けた手から、ころりと結晶が転げ落ちた。

「あ、これ……」

『それは、持っていてくれるか。ユータの中で、休ませてやってくれ』

休ませる……？　結晶を？　不思議に思いつつ、半分以上溶けた思考でこくりと頷いた。

お布団のようにふわりと被せられた翼がぬくぬくと心地いい。

『ああ、ルーディスにどやされてしまうな……』

夢の中で、ラ・エンがそう呟いた気がした。

＊＊＊＊＊

心地よい気配の中で微睡んでいた竜は、ぱちりと目を開けた。ゆっくりと首をもたげるにつれ、梳いたばかりのタテガミがサラサラと鱗を滑る。

『……もう来たのか』

抑えた笑い声に、ひっそりと立っていた美丈夫が眉間に皺を寄せた。本当に、変われば変わるものだと金の瞳を細め、そっと翼を持ち上げる。

『ユータや、お迎えが――』

「お、起こすんじゃねー！」

慌てた男の声に、ラ・エンが目を丸くする。

次いで苦しげに笑い出した巨体に、ルーはますます不機嫌な顔をしてずかずかと歩み寄った。

『これこれルーディス、そんな無造作に扱うものではないよ。そうっと抱きなさい』

「うるせー」

眠るユータを引っつかんで持ち上げたルーに、ラ・エンがやれやれと首を振った。

『そんなでは、起きてしまうと思うが？』

「……っ」

ラ・エンに答えるように、むずがったユータが手足を突っ張って身をよじった。慌てたルーが取り落としそうになるのを温かな翼が支える。

『ほら、両手でそうっと。尻を支えて、右手はそちらに……そう、上手いじゃないか』

ぎくしゃくと抱え直され、不満げだった腕の中の表情がとろりと再び弛緩した。

ほっと肩の力を抜いたルーを頭上から眺め、ラ・エンは必死に表情を取り繕っている。

これがあのルーディスだろうか。

冷たい拒絶を浮かべた金の瞳。全てに関心を失っていた、あの——。

ふくふくした寝顔をじっと見つめているのは、無意識なのか。その顔は相変わらずの無表情であったけれど、その瞳に確かに宿る温度に、ラ・エンはそっと微笑んだ。

『かわいいものだねえ、食べてしまいたいとはこのことだ』

頭上から降り注いだ声に、ルーはハッと幼い寝顔から視線を外した。

「……てめーが言うとシャレにならねー」

『何を言う。そなただって、獣であれば似たようなものであろうに』

己の姿を棚（たな）に上げ、鼻で笑ったルーに、ラ・エンも呆れて笑った。

「笑うんじゃねー！　こいつが起きる」

くるりと背中を向けて肩を怒らせた姿に、ラ・エンは遠慮なく慈しみの視線を注いだ。きっとこの獣は振り返らないから。

『また、おいで。一緒に来るといい』

「行くわけねー！」

だけど、迎えには来るんだろう？　古(いにしえ)の巨竜は、よかった、と安堵した。憤(いきどお)って毛を逆立ててみせる獣を前に、不似合いな表現かもしれないが。

『ああ、そうだ。ユータに伝えておいてくれ――』

決して振り返らないけれど、今の彼ならきっと伝えてくれる。

＊＊＊＊＊

「……あれ？」

ああよく寝た、と伸びをしたところで、触れる感触の心地よさに気がついた。そういえばラ・エンのところで寝たはずだったけど……。それはしなやかな鱗でも長いタテガミでもなく、ましてや寮の薄っぺらいお布団なんかでもなく。

「おはよう、ルー。オレ、朝まで寝ちゃったんだ」

大きな体も、閉じられたまぶたも反応しないけれど、ピピッと動いた耳が、ぴこぴこ動いたしっぽの先端が、ちゃんと起きていると示している。

「あったかい。ルーは気持ちいいね」

ふかっと全身でしがみつくと、温かな毛並みに両手を滑らせた。やわやわと指の間をすり抜けていく滑らかな感触に、うっとりと目を細める。

「また、ブラッシングしようね」

「……いらねー」

ぼそりと呟かれた言葉に、驚いて目を瞬いた。ブラッシングだけは嫌がらないルーが、一体どうして。視界の端では、長いしっぽが不機嫌そうにぶんぶんと左右に振れている。

「どうしたの？　どうして怒ってるの？」

困惑して顔を上げると、ふいと顔を背けられた。これは……何やら盛大に拗ねている。

「怒ってねー」

決して視線を合わせないまま、むっすりとむくれていることだけは分かる。こういう時のブラッシングだったんだけど。ひとまずブラシを取り出すと、大きな体がピクリと反応した。

「……竜くせえ」

竜？　首を傾げて気がついた。……そっか。だって大きなブラシはこれしかなかったから、ラ・エンにもこれを使っちゃった。ラ・エンは森と土の匂いがしたよ、竜臭いなんて、そんなことあるだろうか。

「そっか、だから怒ってるの？　でもこれは一番いいブラシだから、ルー用なの。ラ・エンには別のブラシを買うね」

「なんで買う。必要ねー」

そんなこと言って、ルー用のブラシを使えば怒るんだから仕方ないでしょう。少し機嫌を直したらしいしっぽに目をやって、一応ブラシに洗浄魔法をかけてみせた。

すうっとブラシを滑らせると、もう何も言わない。

「昨日はね、気になった洞窟に行ったんだよ。そしたら世界樹の根っこがあってね――」

相槌（あいづち）ひとつ打ってくれないルーだけど、時折ちらりとこちらを確認する瞳を知っているから、オレはたくさん話す。聞きたいのか、聞きたくないのか分からないけれど、オレが話していることは嫌いじゃないみたいだから。もしかすると、ルーにとって鳥のさえずりや虫の声と似たようなものなんだろうか。

「それで、ラ・エンも真名を教えてくれたから、びっくりしちゃって――」

「……なんで真名を聞いた」

話の内容なんて聞いてないと思っていたから、突然返されて心底驚いた。

「なんでって……聞いたわけじゃないよ、そうなっちゃっただけ」

ルーは加護を重ねられると怒るらしい。以前サイア爺の時も怒っていた。マーキングみたいなものだろうか。ルーの加護があるから他の加護は大した効果がないみたいだし、上書きされているわけじゃないんだから、構わないと思うんだけど。オレとしては加護をいただけるのはありがたい限りだ。どんな加護なのか、そういえば聞きそびれている。だけどここでラ・エンの加護のことを聞いたって、絶対答えてくれないだろうなと笑った。

胸周りの豪華な被毛を梳きながら、ふと気になっていたことを口にした。

「そういえば……。昨日はラ・エンのところで寝ちゃったんだけど、どうしてここにいるの？ラピスが連れてきてくれたのかな？」

だけどラピスなら、寮のベッドに連れていきそうなものだ。それに、ここにいないってことは、ラピスはまだ聖域にいるみたい。

「……知らねー」

そわそわするしっぽを不思議に思いつつ、ラ・エンと世界樹が送ってくれたのかなと見当をつける。あそこで眠って、起きてから明るい聖域を見たかったのだけど、仕方ない。ラ・エンや世界樹にも会った今、転移で行けそうだからまたの機会にしよう。

『あんまり行くと、きっとルーが怒るよ』

シロがオレの中でくすくすと笑った。確かに、そんな気がする。機嫌が悪くなるから、サイア爺のところもあんまり行けないもの。それに、『聖域』だから。オレみたいな一般人が気軽に行き来していい場所じゃない気がする。

『主は一般人じゃないと、俺様思うけど』

『神獣の加護を３つも持つ一般人って、いるのかしら』

……そうかもしれないけど！　オレ自身は勇者だとか賢者だとか、そういうものじゃない。

だから、次の機会がいつになるか分からないけど。

「今度は、明るい時に行きたいな。ラピス部隊とも遊びたいし」

「行く必要はねー」

やっぱり不機嫌に細められた瞳に、くすっと笑う。

「必要はないけど、行きたいなあ。寝ちゃったら、またルーのところで目を覚ますのかな？」

何か言おうとしたルーが、グフッとむせた。

「なあに？」

「なんでも……ああ、伝言だ。てめーなら生命の魔石から魔力を取り出せるだろう、と」

礼の代わりだと不愉快(ふゆかい)そうに言ったルーにしばし首を傾げ、ラ・エンの伝言かと思い当たった。圧倒的に台詞が少ないと思うんだけど？　絶対もっと色々言ってたでしょう！

「だけど、なんのこと？　生命の魔石から取り出せたとして、一体何に使――!?」

オレはハッと目を見開いた。もしかして、生命の魔石から魔力を取り出せるなら、それを保管庫代わりに使えるってこと？

9章　少し理解の悪いお前だから

待たせてごめんね、きっと、来てくれるよね。今度こそ、そう今度こそ……。

本当は、魔力保管庫もいっぱいになったし、王都から帰ったら挑戦するつもりだった。思いの外いろいろあって遅くなってしまったけれど、おかげで迎える準備も万端だ。

「ご馳走も作ったし、デザートもばっちりだよ！　だけどちょっと好き嫌いがあるからなぁ」

オレは足を投げ出して座り、漆黒の毛並みに体を預けた。きらきらと透き通る生命の魔石を光にかざし、ぼんやりと眺める。

ラ・エンは、生命の魔石が保管庫代わりになると教えてくれた。

それはきっと、この時のために。

本当はオレの魔力だけで魔石を作った方がいいんだと思う。やっぱり自分の魔力が元になった方が取り出しやすいし、無駄なく吸収できる気がする。だけどオレの魔力だけで魔石にするには、ちょっと時間が必要だ。せっかく保管庫がいっぱいになってるんだもの、待ち切れない。せめてと、ルーの泉で魔素を借りて魔石を作っておいた。ここの魔素をあまり減らしてしまってもいけないし、ゴルフボールくらいの1つだけ。

「きっと、ここが好きだと思うんだ。気まぐれだから、オレの側にいてくれるかどうか」

不安が顔を出さないように、たくさん面影を思い出しておくんだ。

ことんと頭を寄せると、伏せたまま何も言わないルーに感謝した。

ねえ、尾形さん。君はこの世界をきっと気に入るよ。今度はオレが教えてあげるね、ふかふかの苔に涼やかな風、ぽかぽかと温かい日差し。ここはとっておきの場所だから。

ぱたりと手を下ろし、目を閉じた。森の匂い、ルーの匂い、湖の匂い。

ほっぺに当たる柔らかな毛並み、ちらちらとまぶたの向こうで踊る木漏れ日、ちゃぷちゃぷと揺れる湖の音。ここにあるもの全部、オレを穏やかに満たしていく。

うん、大丈夫。

「じゃあ……始めるね」

ひとつ、深呼吸して目を開けた。


『いい、無理はしないのよ？　急ぐ必要はないの』

『ぼく、応援しているからね』

『きっと、うまくいく』

召喚の魔法陣を前に、再び目を閉じて集中を高めていく。みんなが見つめているのを感じる。

——全力でやるといいの。それだけでいいの。

「ピッ！」

両頬がふわりと温かくなった。研ぎ澄ませた心も、ふわりと温かくなって微笑んだ。

ねえ、尾形さん。一緒にいよう。ううん、ずっと側にいなくてもいいんだ。気付けばそこにいるような、そんな尾形さんでいいんだ。

最期の時、巻き込んでしまってごめん。君は、逃げられたはずじゃなかったの？　どうして、動かなかったの？　オレを見た大きな瞳は、迫る危機を分かっていたのに。思い浮かべるのは、彼の柔らかな体、丸い足先、気まぐれな後ろ姿。そして、真っ直ぐつんと立てられたしっぽ。

注がれる膨大な魔力が圧力を伴って髪を揺らし、はたはたと服がはためいた。

「話を、聞かせて。……その声を、聞かせて！　尾形さん、お願い、ここへ来て!!」

カッと目を見開いて歯を食いしばった。

底抜けの釜のようにみるみる吸い込まれる魔力に、ひやりと体が冷たくなる。魔力消費のスピードが、早い……！　だけど、一筋縄ではいかないって分かってる。

「ご馳走がっ……あるんだよ！　一緒に、食べるんだ！　柔らかい毛布も買ったんだよ！　きっと、きっと気に入るから！　見せたいよ——この、世界を!!」

だから、今日、喚ぶんだ！

尾形さんにじゃない、オレ自身に向けてそう言った。冷たくなった体がじわりと温もりを取り戻していく。見つめるみんなの瞳を見回して、にこっと笑った。

「――召喚‼」

ぎゅうっと魔石を握りしめ、保管庫も空にするつもりで魔力を迸らせる。いいよ、いっぱい魔力を貯めたからね、君のための魔力だよ。いっぱい使っていいよ。

だから、望む姿で。君が望む姿で、ここへ来て。

荒くなる呼吸を自覚しながら、魔力の嵐の中で踏ん張った。

大丈夫、まだ大丈夫‼　そう自分を叱咤した時、ふつりと魔力の流出が止まった。つんのめるように倒れた体を、大きな漆黒のしっぽが受け止める。

同時に、魔法陣から放たれた光が一帯を真っ白に染めた。

……大丈夫、今度は、捕まえた。しっかりこの手に気配を握りしめた。だけど、尾形さんに会うまでにオレの意識が途切れてしまいそう。

「そのための石じゃねーのか」

掠れた意識の中で、低い声がぼそりと呟いた。石……ああ、魔石！　朦朧とする中、握りしめていた魔石から魔力を吸収した。痺れるほどに冷たかった手足が、お湯を注がれたように温かくなっていく。とくんとくんと心臓の音がやけに大きく聞こえた。

「ありがとう、ルー。楽になったよ」

よかった、尾形さんがこの世界に来たのに、オレが倒れてちゃダメだ。

いつの間にか側にいたみんなに微笑んで、徐々に消えていく光を見つめる。

「えっ……？」

小さく小さくなっていった光は、最後にフッと消えた。そこに確かに存在する生き物に、思わず目を見開いた。

「尾形さん、その姿……」

彼は、ゆらりとしっぽを揺らして、じっとオレを見つめた。

どうして、どうしてその姿なの⁉　もつれる足を運んで膝をつくと、逃げないよう両腕の中へ閉じ込めた。ぐにゃりとするほど柔らかな体、柔らかな毛並み、そして真っ直ぐなしっぽ。

「……にゃあ」

ぽたぽたと落ちる雫に、緑の瞳が迷惑そうに瞬いて、三角の耳が平たくなった。腕にかかる温かな重み、揺れるたびに当たるしっぽ。

尾形さんだ……尾形さんだ。あの時の、そのままの尾形さんがここにいる。

「き、来てくれて、ありがとう……どうして？　どうしてそのままの尾形さんなの？」

懐かしさに、胸が潰れそう。

大きな緑の瞳も、オレンジがかった茶色の縞も、お腹側だけ白いのも、全部そのままに。

『……お前は、きっとおれが分からない』

ぼそりと聞こえた声は、尾形さんだろうか。溢れる涙を拭って、じっとその顔を見つめた。

「分からないって、どうして？」

『姿が違えば、きっとお前は、おれが分からない』

だから、どうしても。だから、この姿じゃなきゃダメだった。

『きっと、お前は忘れてると思った』

視線を逸らしたまま、茶トラの猫は頭をすりつけた。

『この姿なら、思い出すだろう？　この色なら、思い出すだろう？　この声なら、思い出せるだろう？』

にゃあ、と鳴いた猫を、目一杯抱きしめた。

「忘れるわけ、ない！　尾形さんがどんな姿だって、オレは分かるよ！　大好きだよ！」

『そうか』

素っ気ない声に、ああ、尾形さんだとおかしくて、嬉しくて、熱い雫がぼたぼた落ちた。抱きしめる腕にも、茶トラの毛並みにも滴って、ぷるるっと小さな頭が振られた。

と、腕に当たる妙な感触に気がついた。

「あれ？　尾形さん、背中に何か……え？」

あまりに元の姿と同じ衝撃で気がつかなかった。

――当たり前のようにそこにあった、小さく折りたたまれた翼。

『これがあれば、飛べる。お前を乗せて、飛べる』

「……オレを、乗せて？」

そう言った猫は、ひょいと腕から抜け出して翼を広げると、ぐっと伸びをした。

「わっ……!?」

ぽかんと、自分の口が開けっ放しになるのが分かる。

『わあ！　すごい!!　どうして大きくなったの!?　すごいね！』

はしゃいだシロが、大型の犬ほどになった茶トラ猫の周りを飛び跳ねた。

悠々と広げた翼は、さっきの飾りのような翼と同じものとは思えない。堂々とした体躯は、まるでグリフォンみたいだ。

「翼の生えた猫。こんな生き物がいるんだ……ねえ、これはなんて言う生き物なの？」

振り返ったルーは、珍しく驚いた顔をしていた。

「そんな生き物は、いない」

……えっ？　オレは毛繕いを始めた尾形さんとルーを交互に見やった。

「いないってどういうこと⁇」

だって、ここにいるよ？　不安になって、尾形さんの柔らかな背中を撫でた。

「言葉の通りだ。その姿の生き物はいない」

そ、そうなのか……。でも、召喚すると、この世界の生き物に合わせた姿になるんだと思っていたけど。

『主、この世界にいない生き物を召喚したのかー』

――だから、あんなに魔力を消費したの。

だけど、地球にいた頃の姿とももちろん違う。当然ながら羽なんて生えてなかったもの。

「強いて言うなら、グリフォンの亜種だろう」

ルーの『また面倒なものを喚びやがって』とありあり伝わる視線が痛い。

「グリフォンの亜種！　そっか、きっとそうだよ！」

もしかすると、猫系の魔物や幻獣にこういう亜種はいるかもしれないよ。こんなに多様で特殊な容姿の生き物がいるんだもの、翼猫くらいいてもいい気がするのに。

「じゃあ、カロルス様たちにはグリフォンの亜種、って言おうか！」

小さい姿なら翼も目立たないし、脅威を感じることもない。普通の人は魔物や幻獣の種類なんて知らないから、特に目立たずに行動できるんじゃないかな。

『ねえ！　尾形さんのお名前は？』

物珍しげに翼を嗅ぎ回っていたシロが、しっぽを振って振り返った。そっか！　名前……せっかくだからみんな色で揃えたいね。

「だけど、茶色？　ブラウンっていうよりオレンジだよね。橙？　蜜柑ちゃん――だとかわいいけど尾形さんっぽくない気がするし……」

『好きに呼べばいい』

茶色やオレンジの名前って難しい。頭を悩ませるオレを横目に、尾形さんは大きなあくびをした。なんかもう、そのまま尾形さんでいい気もする。

「そのまま……あ、じゃあ茶トラでチャト！　なんて、どうかな？」

「にゃう」

いいらしい。さっそくうつらうつらし始めたチャトは、どうでもいいと言いたげにしっぽを揺らした。モモは不満そうだけど、呼びやすいしいい名前だと思う！

『ねえ！　ねえ！　おが……チャト、飛べるの!?　ぼく、見たい！』

ぐるぐるとチャトの周囲を回っていたシロが、ぴょんぴょんと飛び跳ねた。

『あとでな』

目を閉じたままあしらわれ、うずうずする大きな耳がへたりと垂れた。それでもぶんぶんと振られるしっぽが健気だ。きゅーんと鼻を鳴らしてそっとつつくシロに、いつかの光景が思い起こされる。

そう、こうだったね。あの時の幸せの形はこんなだった。

小さな胸がぎゅうっとして、鼻をすする。

『泣かなくて、いい』

蘇芳が小さな手でオレの頬を擦った。ああ、オレ、泣いていたんだ。

「悲しくないよ、大丈夫。うん、泣かなくていいね。笑ったらいいんだよ」

大きく口の端を引いて笑う。その拍子に、またぽろりと涙が伝った。

みんな、姿は違うけれど、あの時のままに。

――ユータ、嬉しいの？　嬉しい時の涙？

心細げに耳を垂らしたラピスが、瞳を潤ませてオレを見つめた。

『主は嬉しくても泣くからな！　俺様が守ってやらないと、泣きべそだから仕方ない！』

『あうじ、だいじょぶよ。あえはがちゅいてうし、おやぶがまもったえる！』

小さな温もりが、オレの肩へ集まってくる。

「ピピッ！」

もう、肩や頭が大渋滞だ。登ってこられないムゥちゃんまで、じいっとオレを見上げている。

「そう、嬉しい涙だよ！　ね、ルー！」

小さな胸はとっくに溢れて、涙がどんどん零れていく。オレは縋るように大きな漆黒の体を抱きしめ、顔を埋めた。

あの時の仲間だけじゃない。こんなにオレの『大切』は増えた。

ああ、あのまま終わっていなくてよかった。

次々溢れる涙は止められなくて、そして、今は止めたくなかった。

よかった。……よかった。オレは、ルーの毛皮がびしょびしょになるまで泣いた。


泣き疲れて眠って、どのくらい経ったんだろう。暑いな、と思ったら、オレを中心にみんなが大集合していた。しぱしぱする目を擦って笑う。みんなも暑いだろうに。ほら、くっついていた部分の毛並みが、オレの汗でぺちゃんこになっている。

「……あっ⁉」

あることに気付いて、がばりと体を起こした。ピクッと反応した、オレンジの三角耳は確信犯だ。絶対起きている。

「……チャト～？　どうして、オレに魂を預けたの？」

彼は自由にしたいんじゃないかと思った。一緒に住んでいても、常に気ままなマイペースを貫き、さほどオレを頼りにした様子もなかったのに。

じっと見つめるオレに観念したのか、彼はちろりとこちらを見た。

『……おれは、おれが好きな場所に行く』

「うん、そうでしょう。だから、好きな場所に行ける方がいいんじゃないの？」

緑の目が少し細くなった。

『これで、おれは好きな場所を失わない』

それだけ言うと、チャトは伸びをして、そしてオレの中へ飛び込んだ。

オレは目を瞬いて、それからきゅっと唇を結んだ。

……だから、あの時逃げなかったの？　オレが思うよりずっと、『ここ』はチャトの大切で好きな場所になれていたんだろうか。

「——ありがとう」

くすんと鼻を鳴らして、オレはそうっと微笑んだ。


「——それで？　ユータ様、その方はどこに？」

「ユータ様、私、その方に少しお伝えしたいことがありまして」

どうせ紹介するのだからと、ご馳走はロクサレンで準備してある。その時はにこにこしていた執事さんとマリーさんだったのに、帰ってみると随分ピリッとした雰囲気が漂っていた。

「え？　あの……どうして怒ってるの？」

途中で寝ちゃったけど、そんなに帰宅が遅くなってはいないと思うんだけど……。戸惑うオレに、２人はにっこりと圧力を伴う笑みを浮かべた。

「『怒ってなどいませんよ』」

う、嘘だ!!　じりじりと後ずさる体が、ひょいと持ち上がった。

「……成功した顔だな」

じっとオレを見つめたブルーの瞳が、ホッと和らいだ。オレだけが映っている瞳に、また喉の奥がぐっと詰まってきて、慌てて硬い体を抱きしめた。

「も、もちろん！」

こっそり肩口で雫を拭いてから、胸を張ってにっこり笑ってみせる。コン、と額を合わせたカロルス様も、にやっと大きな口で笑った。

「……よし、ご馳走食おうぜ！　あ、どこにいるんだ、そいつ？」

オレを塩胡椒みたいに振るもんで、肩に乗っていたチュー助が勢いよく落っこちた。

「――にゃあ」

耳慣れない鳴き声に、室内の視線が一斉に１カ所へ集まった。

『これがチャトだよ！　素敵でしょう！』

ぶんぶん振られて目を回している間に、シロが飛び出していた。その口に、チャトをぶら下げて。されるがままにだらりと長く垂れ下がったチャトが、もう一度鳴いてみせる。

「こっ、こここれが、その、ユータ様を苦しめた……かわい……ではなくて!!」

マリーさんが混乱している。オレはチャトを抱き上げて、にっこり笑った。

「そう！　これがチャトだよ。かわいいでしょう！　チャト、ご挨拶は？」

「にゃー」

「ぐふっ!?」

マリーさんがなんらかのダメージを負って蹲った。チャト、念話はしないんだね。

「予想はしていましたが……これは……。せめて、そのネズミのようであったなら」

額に手を当てた執事さんが、ため息を吐いて頭を振った。

『俺様、キュートなキュートなネズミなのに……ねえ主、そうでしょう？』

うん、チュー助はとってもかわいいネズミだよ。だけど、なんでだろうね、そういう星の下に生まれたんだろうか。

「ねえ、すっごくかわいいんだけど、それ何？　羽生えてない？　そんな幻獣いたっけ？」

セデス兄さんが鋭いところをついてきてギクリとする。

「え、えっとね、多分グリフォンの亜種かなって！」

「グリフォン⁉　……フェンリルよりマシ、なのか？　けど小せえな、グリフォンには見えねえぞ。その大きさでその顔なら、今回は大丈夫、か……？」

幻獣的に割と高位らしいグリフォンだけど、ウチには既にフェンリルとカーバンクルがいるので、その辺りはもう、今さらだよね？

『あのねえ！　チャトは大きくなれるんだよ！　ねえ、見せて‼』

ぐいぐいと鼻で突かれ、迷惑そうにしたチャトが、ぶるるっと体を振るった。途端にふわっと膨らむようにそのシルエットが大きくなる。

「えっ……⁉」

「あ、あー……。その、あとで言おうと思ってたんだけどね！　チャト、大きくなれるみたい」

そういうこともあるよね？　オレはちょっと眉尻を下げてえへっと笑った。

注がれる視線が痛い。ああ、そういう顔のキツネがいたっけ。確か……チベットスナギツネ。

「「…………」」

沈黙が突き刺さる。なんとも言えない無表情に焦燥が募った。

「あの……大きくなれるだけで、他はなにもないの！　だから大丈夫！」

冷や汗を垂らしつつ、もう一度えへっと笑顔を浮かべてみせる。

ため息を吐いたカロルス様が、そっとオレの頬に大きな手を添えた。

「……『だけ』じゃねえー‼　それの！　どこに！　大丈夫な要素があんだよ⁉」

痛い痛い！　高速でほっぺを揉む手をなんとかもぎ取り、じんとするそこをさすった。

「だ、だって！　エアスライムだってビックリシダだって大きくなるよ！　一緒だよ！」

さらにほっぺをつまもうとする手から逃げ惑い、必死に言い募る。こんな世界だもの、急に大きくなる生き物なんて、きっと他にもいるよ！　神獣なんて人になれるんだから！

「何ひとつ一緒じゃねえし、大丈夫でもねえよ⁉」

久々に見た気がする、その頭の痛そうな顔。うん、多分久々のはず。

「でも大丈夫！　人前でやらないから。そしたら普通の亜種グリフォン（大）だよ！」

「それも大丈夫じゃねえ！　何も普通じゃねえ‼」

オレは追いかけてくるカロルス様の手を逃れ、きゃあっとチャトに飛びついた。

「チャト、飛んで！」

『行くか？』

にゃあ、と鳴いたチャトが跳躍する。開いた窓枠を蹴って、さらに跳んで――飛んだ。

「うわあっ！」

ばさり、と大きな羽音を響かせ、翼が左右に広がった。

ややわする体にぎゅうっとしがみついていると、振動がなくなったことに気がついて目を開けた。まるで、ルーの背中に乗っている時みたい。だけど、それより遥かに高く、高く。

「本当に、飛んでる……」

ロクサレン家が掴めそうなほどの高さまで高度を上げ、チャトはゆったりと翼をはためかせて体勢を水平へ保った。澄んだ風が、するするとオレたちを通り抜けていく。前髪を持ち上げた風が、ついでのようにおでこを撫でていった。

「気持ちいい……。ねえ、重くない？　オレを乗せて大丈夫？」

お日様に照らされて、明るい茶トラはますますオレンジ色に見えた。

『乗せられなければ、意味がないだろう。おれは、好きな場所に行く』

緑の瞳が閃いた。うん、好きな場所に行くための翼でしょう？　乗せられなくても意味があると思うんだけど。独特の物言いにくすりと笑う。

『………』

じいっとオレを見つめる細い瞳孔が、少々鋭くなった。明るい陽光の下で、宝石のように透ける緑がとてもきれい。だけど、これは少々拗ねただろうか。むっとした雰囲気を感じて、平たくなった耳の後ろをわしわしやった。チャトは話すのが上手とは言えないみたいだ。そんなに口下手だったとは……いや、チャトらしいかな。

いつも無言で見つめられては『おやつ？　トイレ？　遊び？　それとも気分悪い？』なんて頭を悩ませていたんだった。そして、ふいと視界から消えて、気付けばまたそこにいる。

「好きなところへ行っていいよ。危ないこともあるから、モモやシロと一緒に行くようにね。街を歩くなら、小さい姿になるのを忘れないでね」

風に流れる少し長めの毛並みを撫でつけ、不定期にばさりと上下する大きな翼を眺めた。

毛並みと羽毛はどこでなり代わっているんだろう。肩から生えた逞しい翼は、風を掴むように広げられている。背中の毛並みから滑らかにオレンジが続いていて、末端の羽になるほど白い。巨大な風切り羽は、文字通りひょうひょうと風を切ってはためいていた。

『……………お前は？』

美しい翼に見とれていたら、ぽつりと低い声が聞こえた。

オレ？　オレが何？　だけど、続く言葉は一向に出てこない。

「——あ、もしかしてさっきの？　ええと、オレは行かないの？　ってこと？」

なんとなくこの感覚を懐かしく思いつつ、慌てて言葉を継いだ。

「もちろん、連れていってくれるならオレも行くよ！」

『……………』

そうでもないけど、まあそれでもいい。今、その目にそう言われた気がした。答えの的（まと）がやや外れているらしい。チャト……話せるようになったら意思疎通が簡単になると思ったのに、どうやら困難さは変わらないようだ。相変わらずオレの頭を悩ませる茶色のふわふわがおかしくて、突っ伏して頬ずりした。

（それじゃ、ゆうたには伝わらないんじゃないかしら）

チャト自身だって、分かっているのかどうか。モモはひとり嘆息した。

＊＊＊＊＊

小さな体の脇の下に潜り込み、チャトはふと顔を上げて見回した。開き切った瞳孔のせいで、普段のふてぶてしい視線が随分と柔らかく見える。

狭い寮の一室を見回し、満足して翼を舐めた。

おれは、好きな場所に行ける。ちゃんと、望みの姿になれた。これなら、おれはもう好きな場所を失ったりしない。

おれは、失いたくなかった。居心地のいい、おれの好きな場所。

お前がいる部屋、お前がいる椅子、お前がいる布団、お前がいる庭。

『あなたが好きなのは場所じゃないでしょう……どうして、ゆうたと一緒にいるのが好き、って言わないのかしら』

モモが呆れた様子でふよんと揺れた。

チャトは耳をピクリとさせて、ユータの体に顎を乗せた。一緒にいるのが好き。そうだろうか。別に、側にいなくてもいい。その辺りにいればいいだけ。そして時々、おれを見ればいい。おれが寄れば撫でればいいし、離れたらそこにいるといい。

おれは、好きな場所に行く。この翼があれば、どこへでもお前を連れていける。

お前がいる場所が好きな場所。お前がいるから好きな場所。

『そこまで言ってどうして、「場所」の方に視点が行くのかしら』

平べったくなったモモに視線をやることもせず、チャトは遠慮なく手足を伸ばした。

「ううん……」

突っ張られた手足が脇腹を抉り、すやすやと寝ていたユータが眉根を寄せて唸る。寝返りを打った体を躱(かわ)し、チャトは当たり前のようにユータを踏み越える。小さな口から、うっと声が漏れた気がした。

とん、と窓枠に飛び降りて、チャトは長いしっぽをゆらりと揺らした。おれが、お前といるのが居心地いいなら、お前もおれといて居心地いいだろう。少し理解の悪いお前だけれど、この姿ならお前が理解していなくても、おれが勝手に連れていける。

窓の外は、月が明るかった。空も真っ黒できれいだ。この空を飛んだら、さぞ気持ちいいだろう。連れていってやろうか。きっと喜ぶ。

振り返って、にゃあ、と鳴いた。いくらか呼べば、あの頃のように起きるだろう。

『チャトも、寝よう。あのね、気持ちよく寝ている時に起こしちゃダメなんだよ』

『ゆうたはまだ子どもなの、夜中寝ている時に起こさないのよ』

ベッドを見上げると、声を揃えるように言われ、そうかと視線を戻した。

もったいないことだ、こんなに美しいのに。

『まあいい』

前肢を折りたたんで蹲ると、独りごちた。

明日も明後日もおれはいるし、夜も来る。そして、お前もいるのだろう。

明日も、明後日も、その先も。

おれがいなくなってもいい、だけどお前はダメだ。そこが、おれの好きな場所だから。

チャトはそれが確実に守られることに満足して、機嫌よく瞳を閉じたのだった。

10章　規格外キャンプ

「えっ？　欲しいもの？　お祝い……？」

思わぬ台詞に、オレはぱちりと瞬いてエリーシャ様を見上げた。一体、なんのお祝いだろう。

「ええそうよ！　王都への旅はユータちゃんたちだけで頑張ったし、それにチャトちゃんの召喚にも成功したじゃない？　あとお祭りの再興だとか、あとあと――」

「つまり、何かプレゼントしたいってことだよ。ユータはなんにも欲しがってくれないから」

指折り理由を挙げるエリーシャ様に困惑していると、セデス兄さんがそう言って苦笑した。

「そんなことないよ、欲しいものがあったら言ってると思うよ？　自分でも買えるし……」

それではまるで、オレが色々と我慢しているみたいに聞こえる。

『ほんと、変だよな！　主ってば何ひとつ我慢していないのにな！』

ぽんぽん、と小さな手で慰めるように叩かれ、それはそれでムッとする。いや、そう言われてみれば、鬱屈（うっくつ）したアレソレとか、内面に押し込められたソレコレがどこかにあるような気がしてきた。そうとも、探せばきっとある！

『アレソレも、ソレコレも出てこない時点でアウトね』

弾んだモモが、オレの膝に零れたクッキーの粉をさらっていく。

いつものようにロクサレンへやってきてティータイムをしていたところ、なぜか先ほどの唐突な質問を受ける羽目になってしまった。

「だって……だって、私だってユータちゃんのおねだりを聞きたいんだもの!!」

瞳を潤ませたエリーシャ様が、わっとマリーさんに縋ると、マリーさんも辛そうに涙を堪えてオレを見つめた。

……え、なんだろうこの空気。オレが悪い？　何か欲しいって言わなきゃいけない!?

にわかに焦りつつ、必死に考えを巡らせる。そんなこと急に言われても……！　調味料とか食材なら欲しいけど……ちらりと2人に視線をやると、途端ににっこり笑顔で首を振られた。

ああ、やっぱり!?　それではダメみたい。

うんうん唸るオレ、期待に満ちた視線を寄越す2人、苦笑するセデス兄さん、我関せずなカロルス様、そして——。

ハッと顔を上げ、唯一頼れそうな人物へ、熱い眼差しで助けを求めた。

「……物でなくともいいのでは？　ユータ様がやりたいことなど、どうでしょう？」

落ち着いた声の助け船に、顔を輝かせた。さすが執事さんだ、それならオレ、いっぱいあるよ！

今度は多すぎて選ぶのに苦労しながら、オレはそうっとエリーシャ様を見上げた。

「じゃあ、じゃあね――」

オレのおねだりに、２人は満面の笑みで応えたのだった。


「次のお休み、オレお出かけしてくるからね！　授業もお休みして、少し遠出するんだ！」

ウキウキしながら２人へ報告し、でろんと伸びたチャトにブラシを滑らせる。秘密基地にてチャトのお披露目をして、なんだかこう、生ぬるい視線を受け取る儀式は既に済ませてある。

チャトの被毛はとっても柔らかくて軽い。手触りはみんな最高だけど、あえて一番の特徴を言うなら……モモはふよふよ、シロがサラサラ、蘇芳がふわふわ、チャトがやわやわ、そしてルーは神獣の格を見せつけた極上ってところだろうか。

「カロルス様たちとか？　いいなあ、冒険だろ？」

そうっとチャトに手を伸ばしたタクトが、スッと避けられて残念そうな顔をする。そのうち触らせてくれると思うんだけど、今は気分じゃないらしい。

「そう！　キャンプするんだよ！　みんなで！」

満面の笑みで答えると、ラキが不思議そうな顔をする。

「キャンプって、野営と何が違うの～？」

「それはもう、楽しさが違うよ！」

だって野営は泊まるところがなくて仕方なくすることだもの。キャンプはねえ、それ自体が目的なんだから！　自信満々に答えたら、やれやれと言わんばかりの様子だ。

「そう……分からないよ、ユータの考え～。やることは一緒でしょ～？」

それ、セデス兄さんにも言われたなあ。カロルス様や執事さんも苦笑していたし、みんなキャンプの楽しさを分かっていないと思う。

「どっちも楽しいからいいんじゃねえ？」

「まあね～普通の野営とユータの野営は違うからね～」

野営じゃないよ、キャンプ！　これは、ちょっと気合いを入れてキャンプの楽しさを伝えなくてはいけない。オレは決然と顔を引き締めたのだった。

「ねえジフ！　キャンプに行くから一緒にお食事考えて！」

凶悪な山賊顔が、鍋を磨(みが)きながら片眉を上げた。

「キャンプぅ？　お前、いつもやってんじゃねえか。何を今さら考えんだよ」

「ちがう～！　野営じゃないんだから、色々下準備しておくんだよ！　楽しむの！」

憤慨して地団駄(じだんだ)踏むオレに、ジフは意味が分からんと言いたげに腕を組む。まったく、これだからこの世界の人は！

それから散々説明して、やっぱり分からんと言われ、それでも料理の準備は進む。カロルス様がいるし、野外といえばやっぱりお肉がメインだよね！　キャンプの時ばかりは、メインは肉！　サブも肉！　で許されると思っている。

お肉にせっせと下味を揉み込んでいると、小さな手はすぐに疲れるし、冷えてジンとしてきた。だけど、これで美味しくなると思えば、わくわくしてくる作業だ。

「けどよぉ、お前の収納袋に入れんだから、ここで完成させて持っていきゃあいいじゃねえか」

いろんなソースを大量生産しているジフが、まだそんなことを言っている。

「お外で作るから、楽しくて美味しいの！」

「わっかんねえわ……設備が揃って安全な屋内の方がよっぽど楽しいし、美味いが」

それはそれで一理ある。この世界は何しろ危険と隣り合わせのお外だから。だけど今回は違う。なぜなら――行くのはロクサレン家だから！　危険だとか安全だとか関係ない。ロクサレン家がいるところが安全地帯だ！　つまりこれって、すごく贅沢な楽しみなのかもしれない。

オレは来たるキャンプの日を思って、ひとりにまにまと笑みを浮かべるのだった。

ちょっぴり冷たい朝の空気を顔に受けながら、オレは昇り始めたお日様へ向かって満面の笑みを浮かべた。ねえ、これはきっといつもイイコにしているからだよ。そうでしょう？　こんなにピカピカのいいお天気になったのは、日頃の行いがよかったからに違いない。

『おーさんぽ！　おーさんぽ！　みんな一緒のおーさんぽ！』

『ムームッムゥ～、ムームッムゥ～』

シロが嬉しそうにしっぽをふりふり、ムゥちゃんが葉っぱをふりふり、奇妙な歌を響かせながら、力強く駆ける。馬車にはあるまじき速度だけれど、乗っているのはロクサレン家なので大丈夫。いつも通り肩でうつらうつらしているティアは、シールドでも張っているんだろうか。軽快に走る大人数用シロ車には、しっかり布団を敷き詰めお尻の下はふかふかだ。あとは……途中で車体が分解しないことを祈るのみ。

「ピイィ……」

足下から情けない声が響いて、毛布がむくりと持ち上がった。ちらりと覗く、桃色の頭。

「大丈夫だよ、プリメラ。怖くないよ、みんないるからね」

『お外じゃなくて、このスピードが怖いんじゃないかしら』

怖々と首を伸ばして流れる景色を確認し、プリメラはすぐにぺたりと伏せてしまう。そっと撫でると、似た色のモモが毛布の上を弾んだ。

それは、まあ……なんというか、一般的にはそうかも。

『私が側にいれば、万が一吹っ飛んでも、シールドを張ってあげるわよ』

「ピピ！」

つぶらな瞳が尊敬を込めてモモを見つめている。安堵したように再び毛布に潜り込んだプリメラは、きっともう到着まで出てこないだろう。

全く、怖いだなんてもったいない。小気味よい疾走のリズムが軽やかな音楽を奏で、さっきから高鳴る鼓動がビートを刻んでいる。うずうずと堪らなくなって巻きつけられた毛布をむしり取ると、一番物事を把握していそうな人を見上げた。

「ね、ね！　それで、どこへ行くの？　あんまり人がいないところがいいよね！」

既にシロ車は走り出しているものの、指定されたのは方角だけ。そもそも目的はキャンプなので、はっきりした目的地があるわけではない。

「そうですね、シロの速度なら、きっと午後までにロドクスス地方まで行けるでしょう。野営……ええと、キャンプの場所は、その場で探すんですよね？」

さすが執事さんはよく分かっている。もちろん普通はきちんとしたキャンプ地で行うものなんだけれど、せっかくこんな世界なんだもの！　どこでキャンプしていたって、基本的に怒られない。だったら、『素敵な場所』を探すところからキャンプだ！

『それを普通は野営って言うと思うのだけどね』

『チッチ！　野営は主以外がやるやつ、キャンプは主がやるやつだぜ！』

チュー助が変な認識を披露して、シャキーンと得意げにポーズを決めた。ほら、アゲハがなるほど、と言わんばかりに瞳を輝かせちゃってるじゃない。

「じゃあもう、楽しいのがキャンプってことでいいかも。素敵な場所があるといいね！」

「そうですね。ユータ様の言う素敵な場所、というのはどんなところですか？」

言いつつ、執事さんはせっかくはだけた毛布を再び巻きつけてしまう。

「あのね！　広々とした草原がいいな！　ああでも、明るい森も素敵！　川でも湖でも、水場が近くにあってね、木の実や食べ物が採れる森も近くにあって――」

あとは……そう、夜は満天の星が見えなきゃいけない。みるみる広がっていく妄想(もうそう)にうっとりしていると、後ろから水を差す声がした。

「まず確保すべきは安全、じゃないのかなーと僕思うのだけど」

オレだってちゃんと起きたのに、セデス兄さんはなかなか起きないから、爆発頭のままシロ車に突っ込んできた。前からの風をまともに受けて目をしょぼつかせる様は、まるで強風に煽(あお)られるポメラニアンみたいだ。

「ロクサレンなのに？」

「あー、まあ。確かにそれはなんとも」

もごもご言いつつオレを引き寄せると、セデス兄さんは毛布に顔をすりつけ、のしかかるように抱え込んだ。ほどなく聞こえてくる健やかな寝息と、徐々に重くなる体。

「ちょ、ちょっと！　オレが潰れちゃう！」

だんだんと前のめりに、オレの体が布団にめり込み始める。毛布にくるまれたオレは、両手を突っ張ることもできない……多分、突っ張ってもあんまり役には立たないだろうけど。

「セデスもお前も、なんでそんなに朝起きられねえんだよ」

危機感を募らせた時、苦笑する声と共に視界が開け、温かな腕の中に囲われた。

「オレはちゃんと起きたよ！　今もお目々ぱっちりだよ！」

ちらりと視線を落とせば、セデス兄さんは膝枕で寝ている……カロルス様の。うん、カロルス様にとっちゃあまだまだ子どもなんだろうけども。せめてセデス兄さんがこの状態で起きませんようにと祈ってあげた。オレはいいの、まだ見た目は子どもだから。

こういうのは久しぶりの気がして、硬い体に密（ひそ）かに頬をすり寄せた。今ならシロ車の揺れに紛れて分からないだろう。にまにまと上がってしまう口角を隠して顔を押しつけると、オレを抱える腕が応じるように締まってぽんぽんと頭を撫でた。

「寒いか？」

するりと降りてきた大きな手のひらが、冷えたほっぺを包み込むように触れる。首を振ったものの、ゴツゴツした手のひらは思いの外温かくて心地いい。

「冷てえな。そのうち冷えて固まるんじゃねえか」

好き放題にほっぺをいじくり回され、じたばた暴れて毛布を剥いだ。

「カロルス様のほっぺだって冷たいよ！」

負けじと触れた頬はちっとも柔らかくないし、むしろ無精髭がチクチクする。これならオレの手のひらの方が、きっと柔らかい。

「おう、あったかい手だな！」

大きく笑ってオレの両手を捕まえると、カロルス様は自らその両頬に押しつけた。ぐいと引かれてお尻が浮き、あやうく宙ぶらりんになるところだ。

「そうでしょう、温めてあげるね！」

一生懸命手をあてがっているけれど、オレの手の面積が小さすぎて、ちっとも追いつかない。

「そうか、なら俺も温めてやろう」

言うなり大きな手が2つ、オレの顔ごと包み込んだ。じんと冷たかった耳までばっちり覆われ、一気にぬくぬくしてしまうそれに、むっと唇を尖らせる。

「ずるいよ！　そんな大きいの！」

「何がずるいんだっつうの……！」

お空と同じブルーの瞳がきゅうっと細くなり、口元は大きく弧を描く。熱を感じるほどの、眩しいお日様の笑み。両のほっぺを潰されながら、こんなにいい天気なのはカロルス様が笑うから、だったかもしれない、なんて思った。

「ユータ、そろそろ起きろ。暗くなる前にいい場所を探すんだろ？」

ゆさゆさ、と揺すぶられて目を開ける。温かい……ぼんやりとした視界の奥には薄青い空、手前には鮮やかな青。風に煽られて無造作に流れる金の髪。カロルス様はいつの間にか進行方向に背を向けて、大きな体で完璧な風避けとなってくれていた。大きな揺れにも微動だにしない鋼の腕に守られて、へらりと笑う。

「……ふ、ご機嫌だな」

少し目を細めた美丈夫が、ぐいとオレを抱きしめて頭にチュッとやる。なんだか胸が温かくなってくすくす笑うと、すぐ隣から性急な声が聞こえた。

「ねえ、ねえ！　ユータちゃん起きたでしょう？　じゃあ次私の番よねっ⁉」

「さあユータ様！　いざこちらへ‼」

キョトンと視線をずらせば、エリーシャ様たちが迎え入れるように手を広げている。

「俺が独り占めしたら、ダメなんだとよ」

喉の奥で笑ったカロルス様は残念そうにオレの肩口に顔を埋め、ぐりぐりやってから体を離した。

「ユータちゃん、聞いてちょうだい！　ひどいのよ、セデスちゃんったら！」

ぎゅうっとオレを抱きしめたエリーシャ様が、涙ながらに不満を訴える。

「そうですよ、セデス様も数年前はもう少し――」

「あーーー!!　ちょっと、余計なこと言わないでくれる!?」

……セデス兄さん、どうしてそんなところにいるの？　彼はなぜかシロ車の一番後ろまで離れて、執事さんの後ろへ隠れている。

「それがね！　さっきまでセデスちゃんは私の番だったのに……逃げちゃうのよ!?」

スンスンと鼻を鳴らして涙を浮かべるエリーシャ様と、それ以上言わせまいと喚くセデス兄さんの赤い顔を見比べ、ぬるい笑みが浮かぶ。うん、そうか、カロルス様がオレ、セデス兄さんはエリーシャ様が抱っこするつもりだったんだね。うん、無理があるね。

「ほら、交代だろ？　セデス来い」

にやにやしたカロルス様が、これ見よがしに大きく腕を広げてみせた。そんな風に体を開くと、ものすごく大きく見える。オレなんてすぐさま飛び込みたくなっちゃうのに、セデス兄さんは違うらしい。

「だから！　行くわけないからね⁉　僕いい大人なんだけど！」

ますます小さくなって執事さんの背後に隠れる様は、むしろ子どもっぽい。肩越しにちらりと振り返った執事さんが微かに笑った。

「ふむ、どうやら今は私の番のようですね」

「ちょ、グレイさんまで……。まあ、いいけど。ここが一番安全だから」

ブツブツ言うセデス兄さんに笑ったカロルス様は、つれねえな、なんて言って立ち上がると、前へ行って座り直した。

大きく後ろへたなびいていたエリーシャ様の髪が、ふわりと肩へ落ちてくる。風に触れてジンとしていたオレのほっぺも、ほっと緩むのが分かる。

「あったかいね」

にこりと微笑んで見上げると、エリーシャ様はちょっとだけ唇を尖らせて『そうね』と視線を彷徨わせたのだった。

「うーん。どこもあんまり代わり映えしないね。この辺りは、もうロドクスス地方なの？」

オレを抱っこしてご機嫌の直ったエリーシャ様を見上げると、ふわふわの笑みと肯定が返ってきた。一緒にいい場所を探そうと言っているのだけど、エリーシャ様もマリーさんも、ちゃんと景色を見ているのだろうか。

「シロ、水場は近くにある？」

『あるよ！　川もあるし湖もあるよ！　どこに向かう？』

大層ご機嫌なシロは、休憩しようと言うと悲しそうな顔をするので、もうずっと走り通しだ。みんなを乗せて、その上スピードを出して走れることが嬉しくて仕方ないらしい。

だけど、既にお日様は傾いている。早いところ落ち着く場所を決めなきゃいけない。

――ラピスが探してあげるの！　ないなら作ればいいの！

無邪気に胸を張る小さな獣を撫で、乾いた笑みで丁重にお断りしておく。下手に希望を伝えると、本当に地形を変えてしまいかねない。惜しいことだ、確かに空から探せばいい場所も見つけられそうで――。

「空？　そうだ、チャト！」

期待を込めて声を上げれば、のそりとオレから抜け出して、いかにも面倒そうににゃあと鳴く。渋々といった体でぐっと伸びをすると、ひらりとシロ車から身を躍らせた。空中で大きく広がった翼と体は、しなやかに着地して再び空へ舞う。

「ありがとう！」

シロ車を掠めるように滑空したタイミングを見計らい、オレも思い切り飛び上がってその背にすくい上げてもらう。

「わあ、よく見えるね！　地図みたい」

ぬくぬくした被毛に包まれながら、かなりの高度まで来ただろう。風を伴い四方を流れる景色に目を凝らすと、なるほど数本の小さな川もあるし、森や湖もある。

「うう、どこもいい場所に見える……もう、チャトが決めちゃってもいいよ！」

……正直、どこも素敵だ。しばし空中遊泳したところで弱音を吐くオレに、チャトが呆れて鼻を鳴らした。すい、と旋回（せんかい）するように方向を変え、翼をはためかせて空を行く。

ああ、こんな贅沢な景色が見られるのがオレだけなんて、もったいない。みんなにも見せてあげたいのに。

「あ！　ねえ、あそこは何？」

ふと見えた景色を指さすと、チャトは何も言わずにさらに高度を下げて近寄った。

「――へえ、いい場所じゃねえか」

シロを呼んでこの場所を紹介すると、みんな異論はないようでホッと安堵する。

「壮観ですね。周囲に人もいないようですし、ここならよろしいかと」

「素晴らしい眺めよ、ユータちゃんありがとう！」

「さすがはユータ様です！」

ヒョウ、と吹き上がった風がみんなの髪を舞い上げ、はたはたと服をはためかせる。

「んん、気持ちいい風だね、ほら、こうすると飛んでるみたいじゃない？」

セデス兄さんが楽しげにオレを振り返り、両手を広げてみせる。オレは満面の笑みで同じように両手を広げ、全身に風を受けた。

平原が続いていると思っていた場所に、突如現れた遙かな高低差。どうやらここは台地だったらしい。切り立った崖の上で、オレたちは小さく見える眼下の景色を眺めていた。

一緒に飛ぶことはできないけれど、ここならオレが見る景色を一緒に眺められる。すごいでしょう？　オレ、チャトにこんな景色を見せてもらっているんだよ。

こっそりみんなの表情を確認して、オレは満足して微笑んだのだった。

「じゃあ、さっそく！　――キャンプ、始めるよーっ!!」

ほっぺを紅潮させて拳を突き上げると、力強い応えと共に、残り5つの拳が暮れゆく空に掲げられた。

よし、まずは拠点の確保だ！　さっきの崖を臨める位置に場所を定め、地面に両手をつけた。

「行くよーっ！」

遠慮はいらない。だってキャンプだもの！　どん、と魔力を広げ、地面を平らに均（なら）しつつ、テントの範囲は一段高さをつける。

「よいしょお！」

次いでテントの壁を大人の腰の高さくらいで設置すると、手前にキッチンスペースを作った。

「じゃあ、執事さんとセデス兄さん、テーブルセットとかテントの準備お願い！」

「承（うけたまわ）りました」

「これってテントって言うのかなあ……」

くるりと振り返り、期待に満ちたふたつの視線にもお願いをする。ひとまず、あの方が調理の現場から離れるようにしなくてはいけない。食材に関わることもダメだ。

「エリーシャ様たちは、テント中央の柱を採ってきて欲しいんだ！」

「任せてちょうだい！　柱ね！　天を貫くほどのやつを採ってくるわ！」

「お任せ下さい！　ドラゴンが襲撃しても破壊されない強度のものを！」

やめてね!?　冗談だよね!?　慌てるオレに、執事さんがそっと耳打ちした。

「待って待って！　ええと、このくらいの太さのレッドウッド？　でお願い！」

大急ぎで伝えると、２人はいかにも残念そうな顔をする。彼女たちはどうしても張り切っちゃうから、具体的なものを提示しないと危険、としみじみ学んだ。

よし、あとは肝心(かんじん)のお食事の準備だ！　ふん、と気合いを入れて調理開始からしばらく、不服そうな低い声が聞こえた。

「……おい、俺は？」

……おや、余ったAランクが１人。

「え、ええと……」

一生懸命考えを巡らせる。なにか、何かカロルス様にできること……！　狩りぐらいしかなくない？　でも、カロルス様を１人で放牧すると桁違いの獲物を狩ってきそうで怖い。不器用だからテントに関わらせるのも壊しそうで怖い。お料理は正直邪魔になるし、つまみ食いで半分くらいなくなりそうで怖い。大いに悩むオレを見て、愕然としたカロルス様が隅でいじけてしまった。

「あ、あの、えっと、そう！　見回り！　シロと見回りしてきて！」

『おさんぽ!?』

違うよ、見回りだよ？　喜び勇んで立ち上がったシロが、ウキウキとしっぽを振ってカロルス様を急かした。

「まあ……仕方ねえな。Aランクだからこそ、俺１人で見回りでも楽勝だな」

機嫌を直したらしいカロルス様にホッとして、止まっていた調理を再開する。

『なんのために見回るのよ……襲われても好都合なメンツしかいないのに』

モモの呟きは、聞こえなかったことにした。

「きゅ！」「きゅきゅう！」「きゅう？」

方々から確認や現状報告を受けながら、オレは慌ただしくキッチンスペースを駆け回る。管狐お料理部隊も負けじと乱舞して、まるで黄色い木の葉が舞っているみたい。

ローストのかたまり肉と、煮込むだけになったシチューは管狐部隊にお任せで大丈夫。さて、向こうの様子はどうだろう。

「ラピス、アリスに繋いで！」

きゅっと鳴いたラピスが、真剣な顔でふむふむと頷いている。

――アリスからの報告を伝えるの！　『森はみどり、山賊は山の中』なの！

よし、何言ってるか分からない。けど多分問題ないということだろう。ねえラピスにアリス、暗号は伝える相手が知らなかったら意味ないんだよ？

「じゃあ……ジフ召喚！」

格好よくポーズを決めつつ、オレが転移する。厨房では、準備を整え仁王立ちしていたジフがこちらを向いた。

「来たよ！　準備バッチリ？」

「おうよ……モノはそこだ。くっ、ひと思いにやれ！」

少々青ざめたジフが、ぐっと歯を食いしばって目を閉じた。そんなに構えなきゃいけないこと？　憮然(ぶぜん)としつつ、アリスにあとを頼んで再び転移する。そう、今回は『みんなで』キャンプなんだ！　だから、ジフも一緒。だけどジフは野外で調理するより厨房でするって言うもんで、こうなった。だって、外で調理するのが醍醐味(だいごみ)なのに！　ただ、オレもジフがきちんと厨房で作った美味しいものも食べたい。その間を取った形だ。

「おえぇ……これが転移。くそ、聞きしに勝る……」

そんなに？　蹲るジフに回復を施し、急き立ててキッチンに並ぶ。

「オーブンは……あれか。管狐が動力ったあ便利なもんだな。なんだ、野外っつうからもっと……これなら厨房と変わんねえじゃねえかよ」

だからそう言ったのに！　むくれて見上げると、山賊顔が鼻で笑った。

「てめえ、外で調理するのがイイっつったろうが。厨房と変わんねえなら外の意味ねえよな？」

「あ、あるよ！　広々した大地、高い空！　こんな場所で調理できるなんて最高でしょう!?」

「つまり、料理自体は普段と変わりねえってことだろ」

ぐいぐいと巨大な丸鳥に持参したピラフを詰めながら、ごつい肩をすくめられる。た、確かに……！　野外でも美味しいものを食べたい欲が前に出すぎて、失念していた。

『じゃあ、スオーはキャンプいらない』

『おれも、普段の飯でいい』

『はいはーい！　俺様もそう思う！』

『あえは、おいしいのがいい！』

オレは深く頷いて、きりりと顔を引き締める。皆の意見は分かった。オレも全面賛成だ。

「よーし！　キャンプ、改めまして……今からはグランピングにします‼」

グラマラス＋キャンプの造語らしいけれど、つまりはゴージャスな王様キャンプだ。だから、豪華なお食事で大丈夫！　そうだ、この際ベッドやソファーも持ってこよう。

「ジフ、お料理任せるね！」

おい、と野太い声を置き去りに、オレはさっそくロクサレンとここを行き来し始めた。

「あの、ユータ様それは……？」

「あっはっは！　ベッドって！　あっはは！」

既にテントを張り終え、手持ち無沙汰（ぶさた）だったセデス兄さんが、腹を抱えて爆笑している。こうして見ると、ベルテント型にしておいてよかったと思う。せっかくだからみんなで過ごせるようにと大きなテントにしたんだ。

中央にはエリーシャ様たちが採ってきた木をぶっ刺して、高々とした頑丈な支柱に。テントの範囲は壁を立ち上げてあるから、あとは巨大なテント布を被せて周囲を固定すれば出来上がり。モンゴルなんかで見た形の、異国情緒溢れる雰囲気のテントだ。広々としたテント内にはラグが敷かれ、せっせと運び込んだベッドやソファーで、室内でも野外でもない非日常の空間が作り上げられていく。

「素敵！　こんな素敵なキャンプがあるのね！」

「さすがはユータ様です！　王族でもこんな見事なテントはないと思いますよ！」

嬉しげな2人は、ああでもないこうでもないとテント内のインテリア配置にこだわり始めたみたいだ。

「おい！　チョロチョロしてんじゃねえ、もう出来上がるぞ！」

むんずと襟首を掴み上げられ、ジフがいると料理にかかりっきりにならなくていいなとしみじみ思う。その分、他にこだわれるからね！

「よし！　テーブルセッティングは!?」

「整っておりますよ」

「装飾もバッチリです！」

「このお花はどう？　サラダにでも添えたら、華やかになるんじゃないかしら？」

「母上、そっと静かにそれを持って後ろに下がろうか。うん、後ろを向いて思い切り投擲してくれる？」

エリーシャ様が持っていた蠢く鮮やかな肉色のナニカは、決して花ではないと思う。例え添え物でも、料理にエリーシャ様の手を加えてはいけないとよく分かるね。

そろそろ周囲は本格的に暗く、燭台の明かりだけでは心許ない。ふわふわとライトの魔法を浮かべると、辺りは幻想的な雰囲気に包まれた。

穏やかな風に揺れる、キャンドルの明かりとテーブルクロス。奥には王様のテントが優雅に佇み、垂れ下がった布からふかふかのラグやベッドが覗く。柔らかなファブリックが醸し出すのは、人の手が加わった優しい安心感。張り切ったマリーさんが方々に花を散らし、まるでお話のワンシーンみたいだ。

完璧だ……ここに美味しい料理が、豪華な料理が加われば、これ以上はない。

心からの満足と共に頷いて着席を促そうとした時、セデス兄さんがオレを呼んだ。

「なあに？　何が見えるの？」

さっきの崖から眼下を眺めているみたいだけれど、展望を楽しむにはもう暗いだろう。

「うん、気のせいだったらいいなと思うんだけどね。あそこにいるのって、何かな～なんて」

どこか達観したような瞳に、不安がよぎる。まさか、大型の魔物とか……そんな、今出てくるなんて！　オレはきゅっと唇を噛んで拳を握った。

もう、もう料理は全部済ませてしまったのに……！　今さら追加なんて！

「ううん、大丈夫、まだ明日もある。ジフだっているんだから、今夜中に追加の食材を加えたメニュー構成に変更すれば……」

元々、明日は狩った獲物を使うことを想定して自由度の高い献立にしてある。下準備万端で挑んでいるのは、時間がないであろう今夜のディナーだけだ。そう結論づけて力を抜いた。

「……安堵の視点が絶対的に違うと思うけど、とりあえずあれ見てよ」

気を取り直して細い指が示す方へ目を凝らし、ハッと息を呑んだ。

これだけ離れていても分かる、大きな力の気配。どっと上がった土煙と、なぎ倒されてゆく木々。オレは、知らずこくりと喉を鳴らした。どうして……？　一体何が起こっているんだろう。ただひとつ分かるのは、これを放っておいてはいけないということ。

「あっ!?　ちょっ、ユータ!?」

ぐっと身を屈めたオレに、セデス兄さんが慌てて手を伸ばす。だけど、その瞬間にはそれをすり抜けて飛び出していた。崖の端を蹴ったあとの、わずかな浮遊感。そして――四肢を広げてもどこにも触れない空間の中、ヒョウヒョウと風を切って落ちていく。

崖から飛び降りるのは、二度目だね。でも、今のオレは飛べる。

「チャト！」

温かな毛並みと、ばさりと響く大きな羽音。何も言わず乗せてくれたチャトを撫で、一直線に滑空(かっくう)していく。みるみる眼前に迫ってきた土煙を避け、チャトは円を描いて旋回した。

果たしてそこにいた大型の魔物、そして――！

「本当に、もう！　カロルス様、何やってるの⁉」

上空から声をかけると、ビクリとしたカロルス様がばつの悪そうな顔で見上げた。

「おう、ユータ！　その……見回りだ！」

キャンプ地は領地ぐらいあるとお思いですか⁉　むしろロクサレンの領地よりずっと広い。

『あのね！　ぼくおいしいお肉を見つけちゃったから！　ゆーたが喜ぶと思って！』

魔物の退路を塞ぐように離れた場所にいたシロが、ぶんぶんとしっぽを振った。その善意しかない瞳の輝きが、胸に痛い。

『だけど、かろるすさま下手っぴなの！　美味しく食べるには、首を切るのがいいんだよ！』

「うるせえ！　そういう細かいことは苦手だっつったろうが！」

魔物の攻撃全てをこともなげにいなしつつ、カロルス様が唇を突き出した。美味しいお肉を食べたい一心(いっしん)のシロも負けていない。

『頑張ってよぅ。木っ端微塵になったら、お肉がなくなっちゃう！』

「だからこう……ちまちまやろうとしてんだろうが！　こいつ本当に食えるんだろうな⁉」

恐ろしげな咆吼をバックに、シロとカロルス様が低レベルな言い争いをしている。オレはため息を吐いて、もはや食料認定しかされていない魔物を見つめた。

「ああっ！　森がなくなるよ！」

始祖鳥から鳥要素を7割くらい削ったらこんな感じだろうか。あと、サイズ感は恐竜にして。

少々魔物に同情していたところで、カロルス様がまた小さな剣技を放って後方の森林を破壊する。始祖鳥自身はぎゅっと縮こまって無傷だ。

「くっそ！　思いっきりぶちかましてぇ！」

どうも剣技で首だけを落とそうと四苦八苦しているようだけど、カロルス様からすれば爪楊枝で繊細な砂糖菓子でもつついている気分らしい。剣技でやろうとするから難しいんじゃないだろうか。不思議に思ったところで、カロルス様がハッとオレを見上げた。

「あ、そういやお前解毒できるな？」

そう言うか言わないかの間に、その姿が消えた。次いで、どう、と伝わる重い地響き。そこにはきれいに首を落とされた魔物と、剣を収めるカロルス様がいた。

『ええー？　かろるすさま、どうして今までやらなかったの⁉』

文字通り一瞬でついた決着に、シロがこてりと首を傾げてしっぽを下げた。

「毒食らったら、グレイになんて言われるか分からねえだろ！　飯の前に気分悪いのも勘弁だ」

慌ててチャトの背から飛び降りると、なるほど漂う毒の気配。平気そうに見えるけど、カロルス様に解毒を施しておいた。

「でも、毒があったら食べられないよね？」

『きっと食べられるよ！　おいしい匂いだもの！　さんぞくさんに聞いてみる！』

頑として譲らないシロは、いそいそと始祖鳥を咥え、風魔法でわずかに浮かせた。毒あるけど口に……まあ、フェンリルは大丈夫かな。ちなみに『さんぞくさん』はジフのことだ。オレが山賊顔って言うものだから正しく覚えてしまった。


「ただいま！」

一足早くチャトで戻ると、セデス兄さんが空腹に耐えかねてテーブルに突っ伏していた。さあこれからって時にお預けを食らって、だいぶ堪えたらしい。アレを発見したのはセデス兄さんなんだから、それは仕方ないよね。

『ただいまー！』

早っ！　キャンプ地に一陣の風が舞い込んでオレの髪を煽った。乗っているのがカロルス様なので、遠慮ない超特急で帰ってきたシロが、得意げに獲物を下ろしてしっぽを振っている。

「それ持ってきちゃダメなやつー！　グレンケレンでしょ？　待ってよ、被害受けるの僕だけじゃない⁉」

「ご安心を、私も被害は受けると思いますよ」

そういえば毒があるんだった。大慌てで逃げたセデス兄さんの隣に、いつの間にか執事さんもいる。なるほど、２人はそこまで人外（じんがい）の体じゃないもんね。

『あなたも人内じゃないってことね』

『主は立派な人外だぜ！』

変な太鼓判を押されてムッと口を開こうとしたところで、野太い声が響いた。

「おお、でかした！　こりゃあ見事なグレンケレンじゃねえか！　１人で捌くのは骨が折れるが……お前がいるなら大丈夫だな！」

「オレ、こんなの捌いたことないよ？」

「そんなこと期待してねえよ、俺が解体するから、俺が倒れた時に解毒しろ！」

何その捨て身の戦法。だけど、グレンケレンの神経毒は死に至るほど強くはないらしく、そんな風に交代で解体をすることが多いそう。もちろん、倒れる前に交代するんだけど。

「なあに、イケるだろ。羽を落とせば済むってもんよ！」

ジフは男臭い顔で笑った。どうやら退化した翼に毒胞（どくほう）を持っていて、そこさえ落とせば毒の影響は激減するらしい。あとは体内外に残存する毒の効果が失われる時間を置けば、食べられるそう。ご機嫌なジフを見て分かる通り、大層美味いらしい。フグみたいなものかな？

「ねえ～、とりあえずそれは置いといてディナーにしようよ～」

さっそく、と気合いを入れたところで、セデス兄さんの情けない声が響き渡ったのだった。

それぞれローストのかたまり肉が3種類、さらにはピラフ入りの巨大丸鳥ローストまで。だってキャンプっていったらこういうワイルドなのを想像するよね！　いつもの野営だってそうだけども！　そしてげんこつみたいなお肉と、お芋（いも）類をほろほろに煮込んだシチュー。豪華さの演出に一役も二役も買っている、美しい焼き色のジフ特製ミートパイ。肉、肉、さらに肉！　これでどうだと言わんばかりのボリューム感。サラダは一応置いてあるけど、唯一世間並みの大きさであるボウルが慎（つつ）ましい。あとはテーブルの隙間を埋めるように、副菜が彩りを添える。

それぞれ収納から取り出してセッティングしていると、濃密に漂い始めた暴力的な香りのせいで、よだれが止まるところを知らない。ワイルドなお肉の香りとオレ好みの甘めタレの香りが混じり合い、完成されたお料理として空気中に出現してしまう。ああ、吸い込みすぎて過換（かかん）気（き）を起こしてしまいそう。

オレとジフが席についた途端、ぎらぎらした視線が突き刺さる。

いただきます、と開戦の合図と共に、しばし無言の攻防が始まった。

かたまり肉をそのまま置いておくと丸ごと持っていく人たちなので、ジフが手早くナイフを入れる。はらり、としどけなく皿へ重なっていくお肉に生唾を飲む音がする。テーブルを照らす柔らかな明かりが、しっとり滲む肉汁を艶めかせていた。

今回はせっかく3種あるんだ、これはいわゆるローストビーフ風の赤身薄切り肉じゃない。ステーキとして食べられる部位を使ってある。つまりは、夢の厚切りロゼ色ステーキ！　一見さんお断りなお店で出てくるアレ。真っ白な皿に穢れなくその身を置いた美しいお肉にまとわせるには、一体どのソースを選ぶべきか……いや、やはり塩でいくべきなのか。散々迷った末に一口ごとに変えることにして、銀のナイフとフォークをあてがった。

「はぁ……柔らかい」

オレの口から悩ましげな吐息が漏れる。……まだ食べていない、ナイフを沈めただけ。それでも、抵抗なく銀の切っ先を受け入れられて、否応なく期待が高まってしまう。滴り落ちそうになった唾液を拭い、思い切って口の中へ誘った。

「――んっ、ん!!」

それはもう分かっていたこと。決まってる、絶対に美味しい。それでも上がり切った期待値

を軽々超えて、噛みしめた口の中にたっぷりとステーキの存在を知らしめられてしまう。お肉って、なんて美味しいんだ。香ばしくて、柔らかくて、それでいて心地いい歯触り。焦燥に駆られて、大きく切ったお肉をさらに口へ詰め込んだ。もっと、もっとだ……!!

そうしてオレは、随分と分の悪い戦場へ参戦したのだった。

『うまうまうまうま！』

もはやそれは咀嚼音なのか。ちぎれんばかりにしっぽを振りつつ、シロは一心不乱にお食事を貪っている。肉汁やソースが白銀の毛並みに散って、特に顔なんてすごいことに。随分お行儀よく蹲ってちみちみ食べているチャトが隣にいるせいで、余計にワイルド感が溢れている。

ちなみに一番上品なのは、果物しか食べないプリメラかもしれない。

『あーどうやら俺様はここまでのようだぜ……』

『そうなんらぜ……』

「「きゅうう……」」

『スオー、もういい……』

低い方のテーブルには、ぽんぽこのお腹を晒した小動物がころころと転がっている。管狐部隊はまるで黄色い花びらが散ったみたい。一番ころころしたモモは、まだ残り物を片付けているようだ。スライムの体って一体どうなってるんだろう。

ぼんやりとそれを眺めるオレの方は、というと――。

「ですから、マリーがお皿に取り分けて差し上げると……」

「ユータ様、一口だけなら入りますか？」

苦笑したマリーさんが背中をさすってくれる。執事さんが差し出してくれたのは、オレがまだ食べていない料理だ。そのくらいなら、と応じたものの、喉の奥で『ここから先は入れません』と言われているみたい。だけど、美味しい。でももう入らない。

「ユータ、これ何？」

ハッセルバックポテトを1個丸ごと皿に載せ、セデス兄さんが嬉々（きき）としてオレに尋ねてくる。芋を蛇腹（じゃばら）状に切って、切れ目にチーズとさらに塩漬け燻製肉……ベーコンの薄切りも挟んで焼いたもの。お芋のいい焼き色の中、てろてろにとろけたチーズ、合間から覗くベーコンがカリリと焦げたそれ。オレが食べたくて作ったのに……じっと見つめて慌てて口元を押さえた。無念、明日また作ろう。

正直、座っているのも見ているのも腹に堪えるので、ご馳走さまをして席を離れた。予定していたデザートは明日にしよう。だってオレが食べられないから。代わりに、収納ストックの中からあえて、一番ボリューム感のありそうなパウンドケーキを取り出した。せめてもの八つ当たりに含み笑いを漏らしたものの、きっとぺろりと平らげてしまうんだろうな。

「そうだ、ジフさっきの解体する？」

「おお、腹ごなしにちょうどいいな」

仕留めたグレンケレンは、毒があるし、離れた場所で血抜きを兼ねて放置していた。

「ねえ、毒って今の時点で解毒しちゃダメなの？」

「ダメじゃねえが、体調を戻すのとワケが違ぇだろ。できんのか？」

なるほど、解毒の魔法やお薬は、体内を清浄化するためのものだからか。だけど、毒物を取り除くなら、浄化の白血球モドキでなんとかなるだろう。

小さな両腕を暗がりに広げ、集中するとしゅわしゅわ霧（きり）のような光がまとわりつき始めた。

毒物、なんて曖昧な認識が伝わるのかが不安だけど、失敗しても大丈夫。食べるのはロクサレン家だから。

「ほう……相変わらず能力が変に尖りまくった野郎だ」

素直に褒めてくれてもいいんだよ!?　オレ、勉強だって戦闘だってできるよ？　能力はどれも満遍（まんべん）なく高いと言っても過言ではないと思う！

『常識が、ねえ……』

『主、ぽんこつだし』

『あうじ、とってもぽんこちゅで、すてきよ！』

『筋力がなさすぎるだろ』

『すぐ忘れる』

……そういう時だけ一斉に参加せず、シロを見習って大人しく食事を楽しんでいて欲しい。

——大丈夫、ユータはちゃんと尖り切ってるの！　これからもモーニングスターのようにビシバシに尖らせるの！

それって決して明けの明星（みょうじょう）じゃなくて、トゲトゲ武器の方だよね？　不穏でしかない。

密かにヘコむオレを尻目に、いそいそと始めたジフの解体は、適当に刻んでいるんじゃ、と思えるほどさくさくと進む。オレの出番などあるはずもなく、ひたすら収納係をやっている。

段々と小さくなっていくグレンケレンが骨と内臓になった頃、ふう、と腰を伸ばしたジフの仕草で、概（おおむ）ね終わったのだろうと見当をつける。

「近くに水場があると言っていたな？　どこだ？」

ジフは疲労の滲む顔で、額の汗を拭った。夜目（よめ）にも血みどろの山賊は、ハッキリ言ってモザイクが必要なくらいの存在感だ。早急に手を打たないと、万が一他の冒険者さんと出くわしたら、きっと一生消えないトラウマになるだろう。

「水場はあるけど、それよりお風呂でしょう！」

「風呂？　お前まさか」

おざなりにジフへ洗浄魔法をかけて、お食事会場のみんなに声をかけた。

「みんなー！　お風呂、お風呂にしようよ!!」

ちら、と視線を走らせると、パウンドケーキの皿が空になっている。優雅に紅茶なんか飲んでいた面々が、一様にじとりとした視線を寄越した。

「お前、また外に風呂を作ったな……？　さすがに目立つだろう」

「大丈夫！　オレに考えがあるから！」

自信満々に告げると、視線はなおさら重くなってしまった。

「まあいいじゃない！　せっかく羽目を外してもいい場所に来たんだもの！」

「その通りです！　宵闇に柔肌映える幼子の、色づく肌と清廉な月……ああ、想像だけで金貨を積めます!!」

……短歌かな？　ちなみにオレは女湯には入らないけどね？　どっちにしろ既に準備は終わっているのだし、このオレが、堂々と露天風呂が楽しめる機会を逃すはずがないでしょう。ラピス部隊にお願いしたから、今頃お湯も張ってくれているはずだ。

「――こっちだよ！　大きい方は男風呂で、女風呂はこっちね！」

男風呂に壁はないけれど、さすがに女風呂はそういうわけにいかない。一応四方に壁を立ち上げ、天井は開けてある。もし壁が不要だったら2人に破壊してもらえばいい。ここぞとばかりに広々とした湯船、シャワーはないけど洗い場もちゃんと備えてある。ゆらゆらと闇夜に浮かぶ湯気が、わくわくを掻き立てて仕方ない。

そそくさと男風呂の方へ避難したオレに、エリーシャ様たちの絶望を孕(はら)んだ視線が突き刺さる。そんな、裏切られた！　みたいな顔をされても。

「じゃあラピス、作戦決行!!」

「作戦？　ユータ何を――」

「「「きゅーーーっ!!」」」

オレを抱え上げたセデス兄さんが、突如伝わってきた振動に不安そうな顔をした。

管狐部隊の気合いと共に、ぐっと体に重力がかかる。まるで高速エレベーターだ。

「ストップストップ！　ラピス、もう十分だよ!!」

全く、管狐部隊は常に想像の上を行ってしまうんだから。セデス兄さんの腕が緩んだ隙をついて飛び降り、まずは施設の損壊がないか確認する。激しい震動にも耐えた浴槽は、月明かりにたぷたぷと湯を揺らしていた。周囲は見渡す限りの、空。オレは振り返ってにんまりとした。

「ほら、どう？　これでお風呂に入ってる姿を見られることはないでしょう！」

正直なところ、もう少し低い位置でよかったのだけど、これはこれでいい。ラピス部隊の土魔法によって、今やお風呂は木々より高く空に臨んでいた。元々高台である分を含め、空中露天風呂と言うに相応しい眺めだ。

夜風に吹かれて満足感に浸っていると、伸びてきた手がオレの両ほっぺを思い切り引き延ばしたのだった。

「目・立・つ・な！　つったんだよ!!」

オレは湯船の中でほっぺをさすって、ちょっとむくれた。絶賛怒られ中だけど、なんだかこれも久々の気がする。

「だから、目立って困るのは、裸で注目を浴びるのが恥ずかしいからでしょう？　じゃあ視線の届かないところへ行けば解決だと思って」

「見られて困るのは体じゃねえんだよ!!　俺の体なんぞいくらでも晒してやるわ！」

ふーん。やめた方がいいと思うけど。オレはまだ小言を言う美丈夫に視線を滑らせる。

つう、と水滴が伝うのは、思い切り引き絞られた鋼の体。身じろぎのたびに方々が連動して盛り上がり、その都度完璧なバランスを保っている。シロやルーと似た、しみじみ美しい造形だと思う。最高峰の黄金律、それが彼らじゃないかな。きっと、芸術家なら狂気乱舞して心酔(しんすい)

するだろう。王都で販売されていた（想像上の）カロルス様の絵姿を思い出して、薄い笑みを浮かべる。際どいのもあったけれど、それより本物の方がずっと――。

「おう、聞いてねえな？　いい度胸だ」

湯気の向こうで、ブルーの瞳がじろりと険しくなった。濡れた金の髪が束になって揺れ、こちらへ伸びてきた手からちゃぷちゃぷと雫が滴って……ハッとお湯の中へ逃避する。

水鳥みたいに離れた場所で顔を出すと、戻ってこい、と言いたげにちょいちょいと指で招かれた。行かないよ！　ほっぺを引っ張るでしょう！

「まあ、我々もこうして恩恵に預かっているわけですし、もう共犯になっていますよ」

いそいそと味方？　になってくれた執事さんの方へ泳いでいくと、安全地帯で伸び伸びと体を広げた。最小限の明かりの中で、見上げた空は黒々と言えないほどに星が瞬いている。黒いテーブルクロスにお砂糖壺をひっくり返した時みたい。

『情緒!!』

すかさずモモの鋭いツッコミが入り、じゃあなんて言うんだとふて腐れる。

「世界中の空から星を掻き集めたみてえだな。これを眺めて熱い湯に入れるなんざあ、俺には過ぎた贅沢だぜ」

独り言のようなジフの呟きに、密かに敗北感を覚えて視線を逸らした。そして遠景を楽しもうとした視界に飛び込んできた近景に、思わず顔をしかめる。

「この開放感……クセになりそう！」

闇夜の中で浮かび上がるような白い肢体は、確かに美しい。でも……。ため息を吐いて、仁王立ちするセデス兄さんを見上げた。そんな端っこに全裸で立って、落ちたらどうするんだろう。空から女の子ならぬ変態が、なんて。

「裸体に触れる風が、こんなに気持ちいいなんて。股間を抜ける風の爽やかなこと！」

前半はともかく、後半は非常にいただけない。股間を抜けた風が、今オレの頬を撫でたかもしれないじゃないか。

「ほう？　どれ……」

「確かに全裸で外っつう体験はねえ！　ご一緒しますぜ！」

「そう言われると興味が湧きますね」

え？　ちょっと執事さんまで⁉　ざぱりと体積の大きな人たちが立ち上がり、水位がぐっと下がった気がする。そして、オレの視界にずらりと並ぶ尻。……あのね、失礼かもしれないけれどね、確かにお風呂に入ったし汚くはないんだけどね、でも……そこはかとなく不愉快なんですが⁉　眺めているのも嫌なので、急いで湯を出てオレの尻も並べた。

「お〜確かにいいな！」

カロルス様が機嫌よく髪を掻き上げる。大パノラマの絶景を前に、確かにとてつもない開放感。火照(ほて)った体を撫でる風が、心地よく体を乾かしていく。

ドガッと隣で音がしたので、もしかしてエリーシャ様たちも真似していたり……なんてことはさすがにないよね？　貴族のお嬢様だもんね⁉

——冷たい布団を感じて、しまったな、と夢うつつに眉根を寄せた。まだ、キャンプファイヤーが残っていたのに。ほこほこした体から徐々に熱が抜けていく過程で、オレが耐えられるはずもなかった。お風呂を上がってから……いや、上がる頃からの記憶が既に怪しい。そうっと横たえられた寝床の冷たさで、わずかに意識が浮上したものの、覚醒にはほど遠い。

再び沈もうとする意識の中、ちゅっ、と右のほっぺにとびきり柔らかいのが当たった。ぶちゅ、となんだか袖(そで)で拭いたくなるのが左のほっぺに。そしてざりりとした感触と共に、ちゅ、と慣れた気配がおでこに。すり寄せられた肌がチクチク、ほっぺに当たる髪がくすぐったい。オレはほんのりと口角を上げて、胸一杯に満足を抱えて眠ったのだった。

さわさわと囁く声と気配がして、徐々に意識がクリアになっていく。

「……ピィ？」

「いいのよ、プリメラ。今はこの至福の時を楽しむの」

「眠っているユータ様と起きているユータ様、どちらも見ていたくて心が引き裂かれそうです」

そんなことで引き裂かれないで？　視線の圧を感じて目を開けると、いろんな顔が覗き込んでいた。花が綻ぶような笑みでおはようと言われちゃうと、二度寝は難しい。

『ゆーた、おはよう！　朝のいい匂いがするよ！　ゆーたもいい匂い！　おさんぽ行こう！』

とりあえずみんなにまとめておはようと返す間にも、待ち切れなくなったシロがオレの服に鼻を突っ込むやら顔を舐め回すやら大騒動だ。朝から元気が迸っている。

「お散歩は、セデス兄さんと行くのがいいと思うよ」

『分かった！』

大きくベッドを揺らして弾けるように方向転換したシロが、セデス兄さんのベッドへ突進していった。きっといい目覚ましになるだろう。

「そうだ、朝ごはん……」

エリーシャ様たちから一通りハグを受けたあと、ぼんやりした頭を振ってテントの外へ足を運ぶ。朝は昨日の残りものを挟んだサンドウィッチにしようと……そこまで考えてハッとした。きっと執事さんたちが片付けてくれたんだろう、現在テーブルの上には何も残っていない。胸騒ぎを覚えつつ、姿の見えた執事さんに飛びついた。

「おや、おはようございます。今日は随分早いですね」

「おはよう！　あのね、昨日のお食事の残りって取ってある？」

大急ぎで口にすると、執事さんははて、と首を傾げた。

「残り、ですか？　食事が残ることはありませんが……」

やっぱりー!?　あんなに肉ばっかり盛ったのに！　そもそも昨日はあれからキャンプファイヤーをして、翌日の仕込みをしてから寝る予定だったから……。

ガックリ肩を落として首を巡らせると、管狐キッチンを目一杯使って、たくさんの鍋を掻き混ぜるジフがいた。

「何作ってるの？　ねえ、朝ごはんどうしよう……」

「グレンケレンのガラでスープ取ってんだよ。朝はスープとパンでいいんじゃねえか？」

ジフ、優秀！　どうやら昨夜に下準備して、今朝早くから煮込んでくれていたらしい。スープとパンだけは寂しいけれど、昨日食べすぎたし、今朝くらい控え目でもいいと思う。そしてオレは、朝くらいあっさりしたものを食べたい。

方針が決まる頃、ようやっと頭もスッキリしてきた。執事さんに言われてお風呂を片付けたあと、崖っぷちでうんと伸びをすると、昇り始めたお日様に目を細めた。眼下の景色が、金と紺でくっきりと色分けされている。オレたちがいる台地の影を見つけて手を振ってみたけれど、さすがにオレの影は見えなかった。朝の空気がじわじわと暖められて、朝露が昨日の星空みたいだ。日陰と日向（ひなた）の温度差に、夜はきっと寒かったろうなと思う。1日の始まりに相応しい、黄金色のお日様。それにわくわくするのは、オレだけじゃないみたいだね。

「ユータちゃん、私たち森をお散歩してくるわね」

「何か食材があれば、マリーが採ってきますから！」

普通、森はお散歩するところじゃないけど、オレも人のことは言えない。エリーシャ様が食材に関わらないようにだけ重々お願いして、楽しげに場違いな衣装を翻す2人を見送った。

「では、私も野草など摘んできましょう。ロクサレンで入手しづらいものもあるでしょうから」

それなら、ティアが行ってくれたら助かるんだけど……ちらりと肩の小鳥に視線をやると、ぷいと顔を逸らされてしまった。どうしてもオレから離れるのはダメらしい。元は苔だから一定の場所に執着があるのかもね。

『スオー、行ってあげる』

蘇芳は割と執事さんが好きだよね。無駄に触らないし、他人避けになるから。幸運が味方してくれるなら、きっといい材料が手に入るだろう。いってらっしゃい、と手を振ったところで、賑やかな声が響いた。

『せですにいさん、ちゃんと掴まらないと危ないよ！』

「ああぁー僕まだパジャマなんですけどぉー!?」

爽やかな悲鳴が尾を引いて遠ざかっていくのを聞きながら、そういえばオレもまだパジャマだな、なんて笑ったのだった。

「うわ、美味しい！　これなら塩だけの方がいいよね？」

「俺の腕がいいからな。塩と、追加するなら胡椒くらいじゃねえか？」

グレンケレンのガラスープを味見させてもらい、思わず目を見開いた。味付けもしていないのに、こんなに美味しいなんて！　丁寧に下処理されて臭みもなく、濾されたスープは澄んだ琥珀色。隣からはジフが刻む生姜モドキのいい香り。胃袋がにわかに騒ぎ出した気がする。

「野菜はこんなもんか？」

「うん！　大きいのいっぱい入れて！」

野菜を食べないカロルス様のために、スープには煮物かというほどごろごろ根菜を入れるんだ！　決して嫌がらせではない。その代わり、グレンケレンのお肉だってごろごろ入っている。あとは、お粥！　パンでもよかったけれど、この美味しい出汁を使ってお粥にしたい。ガラスープで炊き込むから、中華粥だね！

「――なんか、もう手持ち無沙汰になっちゃった」

だってあとは煮込むだけだもの。ぽん、と踏み台から飛び降りてジフの手元を覗きに行く。彼がいるので調理はあっという間だ。中華粥のトッピング作りも終わっちゃった。

「お前も散歩に行ってこいよ」

同じく手の空いたジフは、退屈しのぎにオレの収納から取り出した香草の仕分けを始めている。テーブルいっぱいに広げた色々な香草をひょいひょいと選び取っては、ぎゅっとひとまとめに縛る。ブーケガルニってやつだね。オレは適当に香草を放り込むので、作っておいてもらうと非常にありがたい。

「ジフはお散歩に行かないの？」

「行くかよ。死ぬわ」

どういうことだと見上げると、鼻で笑われた。どうも、この辺りは高ランクの魔物がいる地域らしい。グレンケレンだってBランクだったとか。そりゃそうだね、人里離れてるもんね。……じゃあなんでオレに勧めたの！　そんなに危険なら行かない。膨れっ面でキッチンを片付けていると、余ったグレンケレンの皮が目に留まった。そうだ、これもトッピングにしよう。

皮から脂を除いて刻み、じっくりとフライパンで焼く。時折パチンと弾けるのが怖くて、ちゃんとシールドを張っておいた。丁寧に返しながら火を通し、皮に焼き色がついてくるくる巻き上がる頃には、フライパンの中は油がいっぱいだ。焼いているんだか揚げているんだか。常に一石二鳥を狙うオレは、臭み消しの香草を投入する。

——と、突如のしっと背中に圧を感じたと思えば、するりと腹に腕が回った。ぎゅっとされると、危うく踏み台から体が浮きそうだ。

「……美味そうな匂いがする。それ、なんだ？」

掠れた低い声が遺憾なくセクシーを迸らせつつ、色気ゼロの台詞を囁いた。

「カロルス様、おはよう。これはね、トッピング用の皮と、秘密のもうひとつ！」

多分全然分かってないだろう、ふうんと気のない返事が来た。

「腹減ったな、それ見てると揚げ物食いてえわ」

言うにこと欠いて起き抜けから揚げ物……。苦笑しつつ、ならばと収納から油を取り出した。

「ねえジフ、揚げ物をご所望だよ。これ薄切りにしてカリカリに揚げて！」

「おうよ。なるほど、これもトッピングか」

玉ねぎモドキ、ナスなのかズッキーニなのかよく分からない野菜、レンコンモドキ……そう、これらもトッピング用だよ。朝から揚げるのはどうかと思ってやめておいたんだけど、思ったよりガッツリ感が必要なようで。トッピングを揚げたあとにフライドポテトでも作っておけば、きっと満足してくれるだろう。

「……おい」

ジフが揚げ始めるのを横目に、上から不服そうな声がする。

「野菜ばっかじゃねえか。昨日の鳥はどうした、唐揚げは？」

朝から唐揚げは出しません。なるほど、唐揚げが食べたくて、面倒でもグレンケレンを仕留めようとしてたんだね。カロルス様の中で、あれは鳥なんだね。

「じゃあ、唐揚げはお昼に作ってあげる！」

「……今食いてえ」

寝起きのカロルス様が、駄々っ子みたいになっている。すりすりと寄せられる鼻先が、耳と首筋をくすぐってこそばゆくて仕方ない。遠慮なく押しのけて振り返ると、唇を尖らせた美丈夫が目に入ってくすくす笑った。もう、仕方ないなあ。

手元のフライパンは既に頃合いだ。カリカリになった皮を取り出し、残った油を濾しておく。

「ジフ、できた！　これね、風味付けにいいんだよ！」

グレンケレンが鳥かどうか微妙だけど、これはいわゆるチー油（鶏油）ってやつ……に近いものだと思う。これも中華粥にプラスできるものだ。嬉々として受け取ったジフに任せておけば、ワンランク洗練されたものになるに違いない。

さて、じゃあ空いたフライパンに油を足して、グレンケレンのもも肉を取り出した。オレを抱える腕がぐっと絞まり、ごくりと喉仏が上下したのを後頭部に感じる。まだ生肉だよ？　カットしたもも肉から3つだけ取り出すと、なるべく平たく広げて粉と一緒に調味料を揉み込み、もう一度粉をまぶす。漬け込む時間がないからね、粉ごと味付けちゃうんだ。

油がもったいないので揚げ焼きにして皿に取り出し、狭い腕の中で振り返った。期待に満ちたブルーの瞳と間近で視線が絡み、くすっと笑う。

「ナイショだよ？　どうぞ！」

ぱっと顔を輝かせ、まさかの手掴みで熱々の唐揚げがカロルス様のお口へ消える。

「うっま……!?　なんだこれ、うっまぁ!!」

カロルス様のお日様みたいな輝きが、一段と増したみたい。本当に美味しそうに食べるから、ついオレの口角も上がる。

「お前も大概カロルス様に甘いよなあ」

せっせともも肉を刻むジフが、ぬるい視線を寄越して呟いた。そう、かな？　だってこんな笑顔を知ったら、抗えないでしょう。ふわっと微笑むと、カロルス様も目を細めて笑う。

『それこそ、お互い様ね』

キッチン台で弾みながら、モモはそう言ってオレたちを眺めたのだった。

「――みんな、帰ってこないねえ」

「確かに、遅えな」

カロルス様まで散歩に出てしばらく、彼はともかく他の面々はお日様が黄金色のうちに出発したのに、まだ帰らない。一体、どこまでお散歩に行っているんだろうか。欠片も体の心配はしていないけれど、もしや人様にご迷惑をおかけしているんじゃないかと気が気でない。

「遅くなりました。おや、２人だけですか？」

ジフと顔を見合わせたところで、穏やかな声が聞こえた。そうだ、執事さんは絶対にちゃんと帰ってくるはずだった。

「おかえり！　何かあったの？　みんな散歩に行っちゃってるんだよ」

「ええ、まあ。まずはこちら、薬草と食用の野草を摘んできましたので、ユータ様の収納に」

どさりと出されたのは、相当な量の野草類。さすが、Ａランクは採取だって得意なのか。

『スオーのおかげ』

執事さんの肩では、蘇芳が額の宝玉を煌めかせて胸を張っている。

「魔物にもあまり遭遇しませんし、蘇芳さんのおかげですね。ただ少し、厄介(やっかい)なことがありまして、ジフを借りていっても？　戻ってみて不要になっていれば、それはそれで……」

「俺ですかい？　もちろん構わねえですけど……俺で役に立てることが？」

訝しげなオレたちへ、執事さんは力仕事なんですと苦笑を漏らした。なるほど、それは納得。

「ユータ様、大丈夫とは思いますが、シールドを張っておいて下さいね」

こくりと頷いてシールドを展開すると、２人は駆け足で森へと入っていった。ぽつんと取り残されたオレは、巨大ボウルに大量の鶏もも肉を入れ、ひたすら調味料を揉み込んでいる。オレの肘まで潜り込む量は、さすがに作りすぎじゃないかと思う。

しばらく無心で揉んでいると、出ていった時と同じように賑やかな声が近づいてきた。

「うわああーシロ、スピード！　落ちっ、落ちるぅー!!」

落ちたってちゃんと着地できるだろうに……そう思いつつ視線をやって、目を瞬いた。シロと、セデス兄さんと、卵と……あと誰？　ぽかんとするうち、急制動をかけたシロからセデス兄さんが弾き出される。悲鳴と共に空中で身を捻り、ばっちり着地が決まった。もちろん両手の卵も無事だ。

「おかえり！　その卵なに!?」

「今、もっと他に声をかけることがあるんじゃない!?」

巨大な卵をそっと転がし、セデス兄さんはぜいぜいと息を荒げてへたり込んだ。そうは言っても、この巨大卵のインパクトは絶大だ。バスケットボールより大きな卵が２個、よく割らずに持って帰れたものだ。

「それと、その人たち誰？」

シロが背中に括りつけられた3人を下ろし、しっぽをふりふりやってきた。

『あのね！　昨日の鳥さんのところで見つけたの。弱ってそうだからゆーたに見てもらおうと思って』

見たところ冒険者さんだろう。命に別状はなさそうだけど、毒の影響だろうか、確かに衰弱して意識がないようだ。

「ユータちゃーん！　なんか色々見つけちゃったわ～」

「ご安心を！　食材だけは死守しております～！」

またも近づいてくる華やかな声に振り返って、二度見した。

「ちょっと母上！　何持って帰ってきてるの!?　マリーさんも何持ってるの!?」

エリーシャ様が積み重ねるように両肩へ担ぎ上げているのは、多分人だろう。4人……だろうか。そしてマリーさんが担ぎ上げているのは、魔物だろう。すごく好意的に見れば巨大な鹿に見えないこともない。ただ、いかにも人を食べそうなルックスをしているけれど。

「セデスちゃん、仕方ないのよ。人を食べた直後の魔物を食べるとか、ちょっと嫌じゃない？」

つまり、鹿に襲われていた人を助けたってことかな？　鹿を狩るついでに。

「な、なんだこりゃあ。ちょっとばかし留守した間に何が起こったっつうんだ！」

ジフ！　ということは執事さん！　わらわらと積み上がってきている問題に対処できそうな

人が！　パッと表情を明るくして見上げ、途端に頬が引きつったのが分かる。

申し訳なさそうな執事さんの背中に1人、ジフが両手に1人ずつ。

「すみません……こんなに重なるとは。こちらは戻しておきましょうか？」

戻しちゃダメだよ⁉　捨て犬じゃないんだよ⁉　いや、そもそも捨て犬はもちろんダメだけど！　とりあえず見つけて拾ってきちゃったものは仕方ない――でもなくて！

「おいおい、なんで急に客が増えてんだよ？　とりあえず飯！　ジフ、この蛇食えるか？」

混乱を極める中で最後の1人が帰ってきた。まさかと思ったけれど、抱え上げているのはやたらとずんぐりした巨大な蛇のみで、ある意味ホッとする。

「食えますが……ウィールドボアっつうと、もう少しスリムだった気が……」

腰が引けているから、きっとこの蛇も高ランクだろうな。乱暴に地面に下ろされた蛇が痙攣し、ごぶりと何かを吐き出して弛緩する。なんだろうと目を凝らした瞬間、血の気が引いた。

「ジッ、ジフ‼　解体！　お腹割いてぇ‼」

――オレは、しばし呆然とこの光景を見下ろしている。結局、蛇のお腹から出てきた人たちを合わせ、その数13人。とにかく、全員無事に回復できたからよかったものの……。

「このトラブルは、絶対オレのせいじゃないよね」

やっぱり、ロクサレンがトラブル体質なんじゃないだろうか。

「さあな、お前がいるからトラブルが降って湧くんじゃねえ？　とりあえず、飯食おうぜ」

首をすくめたカロルス様の宣言で、意識のない13人を放置してひとまず朝食をとった。なんだかんだ、昼にも近くなってしまったのでアッサリお粥にして大正解だ。

「物足りな～い。だけど、すぐにお昼作ってくれるよね？」

トッピングまで全部平らげて、まだそんなことを言う。セデス兄さんをじとりと見上げ、じゃあ手伝ってとエプロンを渡した。だってジフが解体に回っちゃったから、オレが大忙しだ。

何しろ、もうすぐ目を覚ますであろう腹ぺこ冒険者が13人追加されたもので！

ただ、食材は豊富すぎるくらい豊富にあるので、ええいもう全部唐揚げにしてしまえ！　と質より量作戦に移行した。執事さんも呼んできて、管狐部隊総動員でひたすら唐揚げを揚げてもらう。カロルス様とマリーさんはジフのところへ。神速(しんそく)の剣が解体にも役立てばいいのだけど。

「ねえユータちゃん？　私、ヒマなのだけど」

ここで、体育座りをして唇を尖らせている美女がひとり。ぎくりと体を強ばらせ、曖昧な笑みを浮かべた。どうしよう、エリーシャ様にはできる限り食材から距離をとっていただきたい。どんな化学反応を引き起こすか分からないもの。

「えーっと、えーと……そうだ！　エリーシャ様、シロと一緒にギルドに報告お願い！」

我ながらいいアイディアだ。そう、テンチョーさんから報告が大事だって学んだところだからね。ついでにこの13人を連れていけたらいいのだけど、シロの『超特急』に耐えられるはずもない。人も車体もね……。

「えっ、シロちゃんと？　嬉しいわ！」

『うん！　一緒に行こう！　ちょっと遠いから速く走るね？』

目を輝かせたエリーシャ様が跨がるやいなや、シロが駆け出した——崖の方へ。

『近道するから、しっかり掴まっていてね！』

「まあっ！　ここから行くのね？　きゃあっ、すごいスリルだわ！」

華やいだ声に、伸ばしかけた手を引っ込める。うん、大丈夫そう。

唐揚げは管狐部隊と2人に任せることにして、オレはこっち。どうせ不人気だろう野菜は彩り鮮やかなものを選んで刻む。揚げようと思っていたポテトも刻んで、厚切りベーコンと共にでっかいフライパンで火を通す。その間に巨大卵を割りほぐし、頃合いを見て注ぎ込んだ。これはオープンオムレツ！　野菜たっぷりにして、チーズと一緒にサンドウィッチにしてしまおう。軽く炙れば、パンはカリリと、チーズはとろりと、ほら、もうよだれが。

「——うう。え？　えっ⁇」

忙しなくキッチンで動き回っていると、呻き声と共に誰か目を覚ましたらしい。1人起きたらもう1人、そうして起きた人が仲間を起こして、ものの数分で全員が目を覚ました。みんなしばらくぼうっとしていたけれど、ちょろちょろ動き回るオレに視線が集中し出した気がする。も、もうちょっと待ってね、今忙しいから！

「あ、の……」

何度も目を擦って、1人がおずおずと声をかけてきた。

「おう、起きたのか。喜べ、もうすぐ飯だぞ！　ユータ、ジフを洗ってやれ」

解体が終わったらしく、戻ってきたカロルス様が気さくに彼らへ声をかける。唐揚げ係も、さすがにもういいだろう。ついでに油まみれの2人にも洗浄をかけておく。執事さんがいるから、事情説明やら聞き取りは任せておけばいいかな。ちょうどツヤツヤのお顔で帰ってきたエリーシャ様も合流し、さあ、ランチ会の始まりだ。

絶対にテーブルが足りないので、新たに巨大ローテーブルを作った。並び切れないお皿や飲み物は、セルフサービスでもう一方のテーブルへ置いてある。

お礼やら混乱やら恐縮を一通りやり過ごして、それよりも飯だ！　となったテーブルでは、冒険者さんたちが欠食児童のように脇目も振らず唐揚げに貪りついている。弾け飛ぶ肉汁も、飛び散る衣もなんのその、顔も手もテカテカに汚しながら食べる様は、ある意味壮観だ。そんなに必死に食べてくれるなら、頑張っていっぱい作った甲斐があるね。実際、ランクの高い魔物であるせいなのか、どの唐揚げも甲乙つけがたく……美味い！　柔らかな肉質がむちむちと弾けそうなグレンケレン、ぎっちりとうま味の詰まった噛みしめる食感のファングエルク、火を通すとふわっととろけるような食感になったウィールドボア。滴る肉汁で顎まで汚しながら、オレも夢中で貪っている。そうだ、オープンオムレツのサンドウィッチも！　ひたすら唐揚げを食べて油っぽくなった口に、その軽やかさが染みる。炙ったパンが香ばしく、口内に残る唐揚げのうま味すら一緒に引き連れていく。そして、主役の卵とチーズの見事な調和。

通り抜けた風に誘われるように仰のいて、はあっと満足の吐息を吐いた。今日も晴れ渡った空が青い。ちらりと正面のカロルス様に視線を移すと、気付いた彼がにっと笑った。サンドウィッチと唐揚げを頬ばった、弾けるような笑み。まるで子どもみたいだと、思わず声を上げて笑った。きゃらきゃら響く幼げな笑い声は、広い空へ吸い込まれていく。

「笑ってろよ？　お前が笑っていれば、空も晴れるだろ。ほら、見せてやれ」

フッと笑みの形を変え、カロルス様がオレの顎を持ち上げた。そんなわけない、と可笑しく思いつつ、オレは満面の笑みを空に向けたのだった。

ひと息もふた息も吐いた頃、13人も一緒にキャンプするわけにもいかないので、オレたちも予定を切り上げて彼らを送っていくことになった。名残惜しくはあるけれど、このまま数日過ごすと、そのうちオレはころころの子豚になってしまいそうだ。そして近隣の魔物への悪影響が否めない。だってどうもオレたちのキャンプ地から、魔物が遠ざかっている気がするもの。

助けた13人は、それぞれ冒険者パーティだそう。合計4組のパーティと共にシロ車に乗り込み、ゆっくりと一番近い街へ向かった。

「本当に、なんと言っていいか……何から何まで」

「構いませんよ、『お互い様』ですから」

執事さんの声音があんまり優しくない。決して『お互い様』になり得ないことに気付いたろう彼らが、反省しますと項垂れている。彼らは普段この奥地までは行かないそうで、今回少し無理して踏み込んだのが悪かったらしい。

「でも、どうしてみんな奥地に行こうと思ったの？」

沈む彼らの気分を変えたくて、疑問を口にする。

「それが、ギルドに情報を売ろうと思って……」

「ああ、おたくらもそうか」

「あたしたちも、欲に目が眩んじゃったわ」

ギルドは、日々新情報を収集しており、役立つ情報ならそれなりの報酬が支払われる。今回彼らは、魔物との戦闘は回避して情報だけ集められれば、との魂胆があったらしい。

「結局、なんだったんだろうなあ」

「本当に。一夜にして姿を消すなんて……」

重いため息を吐く彼らの台詞にふと引っかかりを覚えて、たらりと冷や汗が伝う。

「ふーん。ちなみに、何を調べたかったの？」

そのまま話を逸らそうとしたのに、セデス兄さんが余計なことを言ってちらりとオレを見た。

「「ロドクスス台地で一夜にして出現した謎の塔について」」

彼らは頷き合い、ぴたりと声をハモらせてそう言った。オレは思わずぎゅっとプリメラを抱きしめて顔を隠す。集中している……ぬるい視線がオレへと。

のし、と大きな手がオレの頭に乗った。

「――やっぱりお前じゃねえか‼」

ごめんなさい、の小さな声は、やっぱり青い空に吸い込まれていったのだった。

――だけど、言っておきたい。のちに伝説となった『不可視の森喰らい』も『白き獣と共に現れる戦女神』も、オレのせいではないからね？

あとがき

タクト：あいつ、滅茶苦茶じゃねえか。あーいや、ロクサレン家がってとこか？
ラキ：どうしてロクサレン家とユータを混ぜちゃったかな～？　爆発物だよ～。
ユータ：そ、そんなこと……。と、とにかく！　14巻を手にとっていただいた皆さま、ありがとうございます!!　こうしてまた会えて、とっても嬉しいです！
シロ：うん、本当に嬉しいね！　見て、ぼくのしっぽ！
ユータ：ふふっ！　おかげで、チャトも登場することができたし……ね！
チャト：……まあ。別に、そこはどうでもいい。
シロ：チャトも、もっと嬉しいって言ったらいいよ！　身体がウズウズしちゃうよ！
チャト：しない。おい、おれの側で跳ね回るんじゃない。
カロルス：へえ？　こいつは大人しいんだな？
マリー：大人しいというかふてぶて……可愛い。悔しいですが……。
ユータ：ふてぶてしくても、可愛いになるんだ？
マリー：そればっかりはこのマリー、嘘は言えません。存在の根幹に関わってしまいます。
ユータ：そ、そうなんだ……!?

もふしら14巻を手にとって下さった皆さま、ありがとうございます！

ついに王都を旅立ったユータたち。帰路の旅も色々ありました。自分たちとは立場の違う少年たちに出会って、ユータはまたひとつ大きくなれたでしょうか。私達は幸い、現状に不満があれば行動することができます。けれど、もしそうでなかった時。もしくは行動しないことを選んだ時。諦めるよりも、ふて腐れるよりも、彼らみたいになれたら……と思います。

新たな仲間も増え、神獣のこと、世界のこと、少しだけ広がった本巻、楽しんでいただけると幸いです。書籍に毎回付随するSSもお見逃しなく！　期間が過ぎちゃった分はコンビニ印刷で読めますので、私のツイッターやツギクルブックスHPをご覧下さいね！

そして、14巻の発売に合わせ、素敵なクッキー屋さんとのコラボ企画が開催中です！

ラピス動画、もうご覧になりましたか？　今回、コラボSSに登場する『ラピス部隊が作ったクッキー』を販売していただきます！　お話から飛び出してきたクッキー、原寸大ラピスの足型がついたクッキーを……ぜひ、その大きさを想像しながら召し上がっていただければと思います。数と販売期間に限りがありますので、どうぞお早めに！

最後になりましたが、今回も素敵なイラストを描いて下さった戸部　淑先生、そして関わってくださった皆さまへ、心より感謝致します。

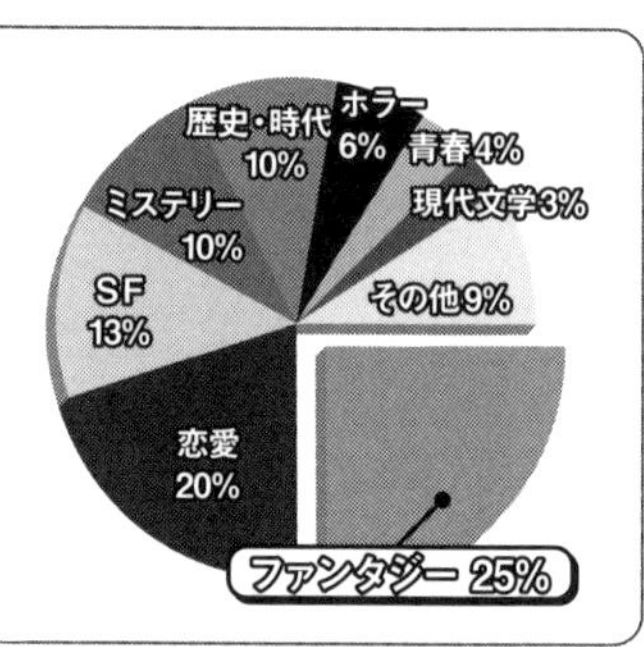

本に埋もれて死んだはずが、次の瞬間には侯爵家の嫡男メイリーネとして異世界転生。

言葉は分かるし、簡単な魔法も使える。

神様には会っていないけど、チート能力もばっちり。

そんなメイリーネが、チートの限りを尽くして、男友達とわいわい楽しみながら送る優雅な貴族生活、
いまスタート!


定価1,320円（本体1,200円＋税10%） ISBN978-4-8156-1820-9

愛読者アンケートに回答してカバーイラストをダウンロード！

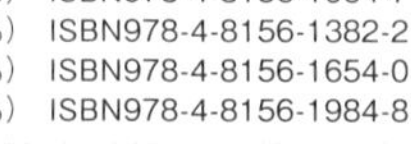

愛読者アンケートや本書に関するご意見、ひつじのはね先生、戸部淑先生へのファンレターは、下記のURLまたは右のQRコードよりアクセスしてください。
アンケートにご回答いただくとカバーイラストの画像データがダウンロードできますので、壁紙などでご使用ください。
https://books.tugikuru.jp/q/202304/mofushira14.html

本書は、「小説家になろう」（https://syosetu.com/）に掲載された作品を加筆・改稿のうえ書籍化したものです。

もふもふを知らなかったら人生の半分は無駄にしていた14

2023年4月25日　初版第1刷発行

著者　ひつじのはね

発行人　宇草 亮
発行所　ツギクル株式会社
〒106-0032　東京都港区六本木2-4-5
TEL 03-5549-1184
発売元　SBクリエイティブ株式会社
〒106-0032　東京都港区六本木2-4-5
TEL 03-5549-1201

イラスト　戸部淑
装丁　AFTERGLOW

印刷・製本　中央精版印刷株式会社

ISBN978-4-8156-1985-5
Printed in Japan